COLLECTION FOLIO

Atiq Rahimi

Maudit soit Dostoïevski

P.O.L

Atiq Rahimi est né en 1962 à Kaboul (Afghanistan), il vit et travaille aujourd'hui à Paris. Il a fait ses études au lycée franco-afghan Estiqlal de Kaboul puis à l'université (section littérature).

En 1984, il quitte l'Afghanistan pour le Pakistan à cause de la guerre, puis demande et obtient l'asile politique en France où il passe un doctorat de communication audiovisuelle à la Sorbonne.

Il réalise des films documentaires et adapte en 2004 son roman *Terre et cendres*, qui, présenté au Festival de Cannes, obtient le prix « Regard vers l'avenir ». En 2008, Atiq Rahimi s'est vu décerner le prix Goncourt pour *Syngué sabour.*

À ustad *Jean-Claude Carrière*

J'aurais tant voulu commettre le péché d'Adam.

HAFIZ AZISH,
Poétique de la terre

Mais l'existence comme l'écriture ne tient qu'à la répétition d'une phrase volée à un autre.

FRÉDÉRIC BOYER,
Techniques de l'amour

À peine Rassoul a-t-il levé la hache pour l'abattre sur la tête de la vieille dame que l'histoire de *Crime et châtiment* lui traverse l'esprit. Elle le foudroie. Ses bras tressaillent ; ses jambes vacillent. Et la hache lui échappe des mains. Elle fend le crâne de la femme, et s'y enfonce. Sans un cri, la vieille s'écroule sur le tapis rouge et noir. Son voile aux motifs de fleurs de pommier flotte dans l'air avant de choir sur son corps replet et flasque. Elle est secouée de spasmes. Encore un souffle ; peut-être deux. Ses yeux écarquillés fixent Rassoul, debout au milieu de la pièce, l'haleine suspendue, plus livide qu'un cadavre. Il tremble, son *patou* tombe de ses épaules saillantes. Son regard effrayé s'absorbe dans le flot de sang, ce sang qui coule du crâne de la vieille, se confond avec le rouge du tapis, recouvrant ainsi ses tracés noirs, puis ruisselle lentement vers la main charnue de la femme qui tient ferme une liasse de billets. L'argent sera taché de sang.

Bouge, Rassoul, bouge !

Inertie totale.

Rassoul ?

Qu'est-ce qui lui prend ? À quoi pense-t-il ?

À *Crime et châtiment.* C'est ça, à Raskolnikov, à son destin.

Mais avant de commettre ce crime, au moment où il le préméditait, n'y avait-il jamais songé ?

Apparemment non.

Ou peut-être cette histoire, enfouie au tréfonds de lui, l'a-t-elle incité au meurtre.

Ou peut-être…

Ou peut-être… Quoi ? Est-ce vraiment le moment de méditer sur son acte ? Maintenant qu'il a tué la vieille, il ne lui reste qu'à prendre son argent, ses bijoux… et fuir.

Fuis !

Il ne bouge pas. Il demeure debout. Séché sur pied, comme un arbre. Un arbre mort, planté dans les dalles de la maison. Son regard suit toujours le filet du sang qui atteint presque la main de la femme. Qu'il oublie l'argent ! Qu'il quitte cette maison, en hâte, avant que la sœur de la vieille n'arrive !

La sœur de la vieille ? Cette femme-là n'a pas de sœur. Elle a une fille.

Peu importe, que ce soit sa sœur ou sa fille, cela ne change rien. À cet instant, qui que ce soit qui entre dans la maison, Rassoul sera obligé de le tuer aussi.

Le sang, avant de toucher la main de la femme, a dévié. Il coule maintenant vers une partie ravaudée du tapis où il forme une flaque, non loin d'une petite boîte en bois qui déborde de chaînes, colliers, bracelets en or, montres…

Qu'as-tu à faire de tous ces détails ? Ramasse la boîte et l'argent !

Il s'accroupit. Sa main hésite à se tendre vers la femme pour lui arracher l'argent. Déjà, elle a le poing raide, ferme comme si elle était toujours vivante et tenait avec force la liasse de billets. Il insiste. En vain. Troublé, son regard se pose sur les yeux de la femme, sans âme. Il y aperçoit le reflet de son visage. Ces yeux exorbités lui rappellent que la dernière vision que garde une victime de son assassin s'incruste dans ses pupilles. La peur l'envahit. Il recule. Son image dans les iris de la vieille disparaît doucement derrière ses paupières.

« *Nana* Alia ? », une voix de femme résonne dans la maison. Ça y est, elle est là, celle qui ne devait pas venir. Rassoul, tout est foutu !

« *Nana* Alia ? » C'est qui ? Sa fille. Non, ce n'est pas une voix juvénile. Peu importe. Personne ne doit entrer dans cette chambre. « *Nana* Alia ! » La voix s'approche, « *nana* Alia ? », monte l'escalier.

Rassoul, pars !

Comme un fétu de paille il décolle, se précipite vers la fenêtre, l'ouvre et bondit sur le toit de la maison voisine, abandonnant ainsi le *patou*, l'argent, les bijoux, la hache… tout.

Arrivé au bord du toit, il hésite à sauter dans la ruelle. Mais le cri effrayant qui retentit depuis la chambre de *nana* Alia ébranle ses jambes, le toit de la maison, la montagne… Il s'élance et atterrit violemment. Une douleur vive transperce sa cheville. Aucune importance. Il faut se lever. La ruelle est vide. Il faut se sauver.

Il court.

Il court sans savoir où aller.

Et ne s'arrête qu'au milieu d'un tas d'ordures, dans un cul-de-sac où la puanteur brûle les narines. Mais lui ne sent plus rien. Ou il s'en fout. Il reste là. Debout, adossé au mur. Il perçoit toujours la voix criarde de la femme. Il ne sait pas si c'est elle qui continue à hurler ou si c'est lui qui est hanté par le cri. Il retient son souffle. La ruelle, ou sa tête, se vide subitement du hurlement. Il s'écarte du mur pour repartir. La douleur à la cheville le paralyse. Son visage se tord. Il s'appuie à nouveau contre le mur, s'accroupit pour se masser le pied. Mais quelque chose se met à bouillir à l'intérieur. Pris de nausée, il se penche un peu plus pour vomir un liquide jaunâtre. L'impasse avec toutes ses ordures tourne autour de lui. Il se prend la tête entre les mains et, dos collé au mur, glisse à terre.

Les yeux fermés, il reste un long moment immobile, le souffle en suspens, comme pour écouter un cri, une plainte, qui viendrait de la maison de *nana* Alia. Rien. Rien que le battement du sang dans ses tempes.

Peut-être la femme s'est-elle évanouie en découvrant le cadavre.

Non, espère-t-il.

Qui était cette femme, cette espèce de satanée qui a tout fait échouer ?

Était-ce vraiment elle ou… Dostoïevski ?

Dostoïevski, oui, c'est lui ! Avec son *Crime et châtiment*, il m'a foudroyé, paralysé. Il m'a défendu de suivre le destin de son héros, Raskolnikov : tuer une deuxième femme — innocente celle-ci ; emporter l'argent et les bijoux qui m'auraient rappelé mon crime… devenir la proie de mes remords, sombrer dans un abîme de culpabilité, finir au bagne…

Et alors ? Ça serait mieux que de fuir comme un pauvre con, un criminel idiot. Du sang sur les mains, mais rien dans les poches.

Quelle absurdité !

Qu'il soit maudit, Dostoïevski !

Ses mains emprisonnent nerveusement son visage, puis elles se perdent dans ses cheveux crépus pour se rejoindre derrière sa nuque trempée de sueur. Et soudain, une pensée lancinante le transperce : si la femme n'est pas la fille de *nana* Alia, elle peut tout piller, et repartir tranquillement. Et moi alors ? Ma mère, ma sœur Donia, et ma fiancée Souphia, qu'est-ce qu'elles vont devenir ? C'était bien à cause d'elles que j'ai commis ce meurtre. Cette femme n'a pas le droit d'en profiter. Il faut que j'y retourne. Au diable ma cheville !

Il se lève.

Reprend le chemin.

Retour sur le lieu du crime. Quel piège ! Comme tout le monde, tu sais très bien que retourner sur les lieux du crime est une erreur fatale. Une erreur qui a causé la perte de tant de criminels très habiles. N'as-tu pas entendu cette parole des vieux sages : *l'argent est comme l'eau ; quand il part, il ne revient plus* ? Tout est fini. Et n'oublie jamais qu'un malfaiteur n'a qu'une seule chance dans une affaire ; s'il la rate, tout est foutu, toute tentative pour rattraper son coup lui sera néfaste, inéluctablement.

Il s'arrête, jette un regard aux alentours. Tout est calme et silencieux.

Après avoir massé sa cheville, il reprend le chemin. Pas convaincu par la parole des sages. À pas décidés et rapides, il arrive au croisement de deux rues. Il s'arrête à nouveau, brièvement, pour reprendre haleine avant de s'engager dans celle qui conduit au lieu du crime.

Espérons que la femme s'est vraiment évanouie à côté du cadavre de la vieille.

Le voici dans la rue de sa victime. Surpris par le silence qui règne sur la maison, il ralentit le pas. En le voyant, un chien alangui à l'ombre d'un mur se lève lourdement et grogne avec peine. Rassoul se fige. Hésite. Laisse s'écouler le temps pour se convaincre, à contrecœur, de l'idiotie de sa curiosité. Sur le point de repartir, il entend des pas précipités dans la cour de la maison de *nana* Alia. Paniqué, il se plaque contre le mur. Une femme sous la chape d'un *tchadari* bleu ciel sort de la maison et, sans fermer la porte derrière elle, se hâte de quitter les lieux. C'est elle ? Sans doute. Ayant dérobé l'argent et les bijoux, la voilà qui s'enfuit.

Ah, non ! Où vas-tu comme ça, mécréante ? Tu n'as pas le droit de toucher à cet argent, à ces bijoux. Ils appartiennent à Rassoul. Halte-là !

La femme accélère le pas, disparaît dans une ruelle. Malgré la douleur de son entorse, Rassoul s'élance à sa poursuite. Il la retrouve sous un porche obscur. Des bruits de pas, accompagnés de cris d'adolescents qui descendent la ruelle, le stoppent dans son élan. Il se colle contre le mur pour se cacher. Malgré sa hâte, la femme s'efface pour les laisser passer. Son regard, à travers la grille du *tchadari*, croise celui de Rassoul qui, profitant de ce moment, masse encore sa cheville endolorie. Elle repart, suivant les adolescents, plus pressée et troublée qu'avant.

Boitillant, hors d'haleine, il se lance de nouveau à sa poursuite. À un croisement, elle s'engage dans une autre rue, plus grande, plus peuplée. Arrivé au carrefour, Rassoul s'arrête net, stupéfait, en voyant des dizaines de femmes en *tchadari* bleu ciel qui trottinent. Laquelle suivre ?

Désespéré, il s'avance, erre dans ce flot de visages voilés. Guette le moindre indice — une tache de sang au coin d'un *tchadari*, une boîte cachée sous un bras, un empressement suspect… Il n'aperçoit rien. En proie au vertige, il se retient pour ne pas défaillir. À nouveau, il est pris de nausée. En sueur, il se retire à l'ombre d'un mur, se plie en deux pour vomir à nouveau une bile jaunâtre.

Devant son regard hébété, défilent les pieds des passants. Exténué, il perçoit de moins en moins les bruits. Tout plonge dans le silence : le va-et-vient des gens, leurs conversations, le brouhaha des marchands ambulants, le bruit des klaxons et de la circulation…

La femme a disparu. Perdue au milieu d'autres, sans visage.

Mais comment a-t-elle pu s'enfuir et laisser *nana* Alia — l'une de ses proches sans doute — dans un tel état ? Elle a hurlé, et c'est tout. Elle n'a même pas appelé au secours. Avec quelle habileté elle a dû calculer son coup, se décider et tout dérober. Et cela sans commettre aucun crime. La garce !

Sans commettre aucun crime, certes, mais elle a trahi. Elle a trahi ses proches. La trahison est pire que le crime.

Le moment est mal choisi pour échafauder une théorie, Rassoul. Regarde, quelqu'un t'offre de l'argent, cinquante afghanis.

Il me prend pour qui, cet homme ?

Pour un mendiant. Agenouillé de manière misérable sur le trottoir, avec ces vêtements sales et râpés, la barbe mal rasée, les yeux enfoncés et les cheveux crasseux, tu ressembles plus à un mendiant qu'à un criminel. Mais un mendiant qui ne se jette pas sur l'argent.

L'homme, incrédule, insiste en secouant le billet devant les yeux hagards de Rassoul. Rien à faire. Il enfonce l'argent dans son poing osseux, et s'en va. Rassoul baisse son regard vers le billet.

Voilà le prix de ton crime !

Un sourire amer fait frémir ses lèvres exsangues. Il referme le poing, s'apprête à se lever, mais soudain un bruit terrifiant retentit et le cloue sur place.

Une roquette explose.

La terre tremble.

Certains se jettent au sol. D'autres courent et crient.

Une deuxième roquette, plus proche, plus terrifiante. Rassoul se jette aussi à terre. Autour de lui, tout bascule dans le chaos, le vacarme. D'un gigantesque brasier se dégage une fumée noire qui envahit tout le quartier, au pied de la montagne Asmaï, au centre de Kaboul.

Après quelques minutes, des têtes, pareilles à des champignons poussiéreux, se dressent peu à peu dans un silence oppressant. Des exclamations fusent :

« Ils ont frappé la station-service !

— Non, c'est le ministère de l'Éducation.

— Non, la station-service… »

Non loin de Rassoul, à sa droite, un vieillard, à plat ventre, cherche de son regard désespéré quelque chose par terre, tout en marmonnant dans sa barbe : « Je vous encule avec votre pompe à essence, avec votre ministère… Où sont mes dents ? Dieu, d'où tu as sorti cette armée de *Yadjûdj et Madjûdj* ? Mes dents… » Il fouille la terre sous son ventre. « Tu n'as pas vu mon dentier ? », il interroge Rassoul qui le dévisage d'un regard oblique comme pour se demander si le vieux n'est pas atteint. « Il est tombé de ma bouche. Je l'ai perdu…

— Va, *bâba*, en temps de famine et de guerre est-ce qu'un râtelier sert vraiment ? » lui demande un barbu, ricanant, couché face à lui.

« Pourquoi pas ? » réplique fermement, avec fierté, le vieillard indigné par une telle réflexion.

« Quel veinard ! » fait le barbu qui se lève et s'époussette. Les mains dans les poches, il s'éloigne sous le regard soupçonneux du vieillard qui grommelle : « *Koss-mâdar*, ce fils de pute a volé mon dentier… c'est sûr qu'il l'a volé. » Puis il se retourne vers Rassoul : « J'y avais planté cinq dents en or. Cinq dents ! » Après un bref regard en direction du barbu, il poursuit d'une voix pleine de regrets : « Ma femme me poussait à les vendre pour les dépenses de la maison. Plusieurs fois, j'ai mis mon dentier en gage. Dès que mon fils m'envoyait un peu d'argent de l'étranger, je le récupérais. Ce midi, je l'ai sorti du prêteur. Quelle maudite journée ! » Il se lève et se faufile dans la foule, à la poursuite de l'homme, peut-être.

Rassoul a apprécié l'ironie du barbu, non pas tant par cynisme que parce qu'il déteste les prothèses dentaires en or, signe extérieur d'avarice dans toute sa laideur. *Nana* Alia aussi en avait deux. S'il en avait le temps, il aimerait bien les lui arracher !

Du temps, il en a eu, mais il n'a pas été habile ; sinon, il ne serait pas là, si pitoyable, avec ce billet de cinquante afghanis dans le poing.

Il se lève au milieu des gens qui à nouveau s'agitent, courent dans tous les sens et essaient tant bien que mal de revenir à eux, tout en masquant leur nez et leur bouche afin de ne pas suffoquer sous la fumée et la poussière. La plupart s'en vont en direction de l'incendie. Les flammes et la fumée s'élèvent de plus en plus haut. Rassoul aussi s'en approche. Les cadavres qui s'embrasent le font reculer, mais la voix d'un homme qui traverse la fumée l'interpelle pour qu'il l'aide. Il essaye de transporter sur son dos une jeune fille blessée. « Je suis tout seul. Cette malheureuse est encore vivante. » Rassoul va à son secours, prend la fille dans ses bras et s'éloigne, puis il la lui redonne. « Il faut partir d'ici ! Le réservoir va exploser ! » crie l'homme, semant un vent de panique chez tous ceux qui tentent d'éteindre les flammes.

Rassoul reprend le chemin qui mène vers la montagne Asmaï. Son regard las se perd dans les ruelles étroites et sombres qui serpentent à flanc de colline et forment un vrai labyrinthe, une étendue de mille maisons, toutes en terre, encastrées les unes dans les autres, en étages jusqu'au sommet de la montagne qui divise géographiquement, politiquement, moralement, dans ses rêves et dans ses cauchemars, la ville de Kaboul. On dirait un ventre prêt à exploser.

D'en bas, on distingue le toit de la maison de *nana* Alia. Une grande maison à la façade verte, aux fenêtres blanches.

Maintenant que la femme est partie, il peut y retourner pour jeter un coup d'œil ; rien d'autre.

Avec beaucoup de peine, il remonte la pente raide de la rue, jusqu'à ce qu'il atteigne un porche, quand trois hommes armés, furieux, débouchent au détour d'une ruelle. Rassoul baisse la tête pour cacher son visage, et n'entend que leurs vociférations : « Les enculés, ils frappent maintenant notre station-service…

— Deux roquettes ! Nous, on va leur en envoyer huit pour démolir leur station. Leur quartier sera en ruine, en sang ! »

Ils disparaissent.

Rassoul poursuit son chemin. Avant d'arriver à la rue de sa victime, il marque une pause. Ses jambes tremblent. Il respire profondément.

L'odeur de pourriture se mêle à celle d'essence et de poudre. L'air est encore plus lourd, irrespirable. Il y a aussi une autre odeur, une odeur de chair, de chair brûlée. Effrayante. Rassoul se bouche le nez. Il avance d'un pas. Le deuxième pas est hésitant, freiné par l'image du cadavre de *nana* Alia que Rassoul esquisse dans son esprit défait. Impossible de revoir ce cadavre assassiné de ses propres mains ; ces mains qui frémissent, qui s'agitent, qui transpirent. Il faut tout abandonner, tout.

Il tourne les talons. Mais une curiosité morbide, quasi pathologique, l'arrête à nouveau. Il doit y avoir la police, des proches, les voisins, des larmes, des cris…

Certain de ce qu'il va voir, il revient sur ses pas. S'avance. Toujours rien. Pénètre avec précaution le silence enfumé de la rue, jusque devant la maison. Pas âme qui vive. Sauf ce chien fainéant qui ne se lève même plus pour aboyer.

Abasourdi, Rassoul retrouve la porte de la maison. Fermée. Il pousse. Elle ne s'ouvre pas. Quelqu'un l'a donc fermée de l'intérieur. Mais alors pourquoi ce silence, cette torpeur ?

Tout cela sent mauvais.

Rentre chez toi !

Il ne rentre pas chez lui. Il erre dans la ville. Voici presque trois heures qu'il marche. Sans hâte. Sans se soucier de sa cheville blessée. Il l'a déjà oubliée. Il ne s'arrête que lorsqu'il arrive au bord de la rivière Kaboul. C'est l'odeur de vase qui le fait revenir à lui, cette odeur fétide qui se lève du lit de la rivière en cette fin d'été. Avec l'immobilité, la douleur se réveille et l'empêche de continuer son errance. Il se retient au garde-fou et se masse la cheville.

L'air devient de plus en plus irrespirable. Rassoul tousse. Une toux épineuse, silencieuse.

La gorge est rêche.

La langue est sèche.

Aucune goutte d'espoir ni dans sa bouche, ni dans la rivière, ni dans le ciel.

Le vieux soleil, affaibli par un voile de poussière et de fumée, va tristement se coucher derrière les montagnes… Se coucher, le soleil ? Quelle métaphore stupide ! Non, le soleil ne se couche jamais. Il va de l'autre côté de la Terre, pressé de briller sur des contrées moins tristes. Emmène-moi avec toi ! s'entend crier Rassoul en son for intérieur. Les yeux plissés, fixant le soleil, il s'avance de quelques pas, puis s'arrête. Sa main en visière lui fait de l'ombre, et il jette un regard furtif autour de lui comme pour s'assurer discrètement que personne ne s'est aperçu de ses délires silencieux. Eh non, mon petit Rassoul, le monde a d'autres soucis que d'observer un pauvre fou !

Rentre chez toi. Et dors !

Dormir ? Est-ce possible ?

Bien sûr que oui. Tu vas faire comme Raskolnikov, qui, après le meurtre de l'usurière, retourne chez lui et s'effondre fiévreusement sur son divan. Bon, toi, si tu n'as pas de divan, tu as quand même un matelas, crasseux, qui t'attend avec pitié à même le sol.

Et après ?

Rien. Tu dors.

Non, je m'évanouis.

Bon, tu t'évanouis, si tu veux, peu importe ; et cela jusqu'au matin. Au matin, lorsque tu te réveilleras, tu t'apercevras que tout cela n'était qu'un cauchemar.

Ah non, je ne peux pas tout oublier si facilement.

Mais si. Regarde, tu n'as rien sur toi qui te fasse penser au meurtre. Ni argent, ni bijoux, ni hache, ni…

Du sang !

Il s'arrête subitement. Paniqué, il vérifie ses

mains, rien ; ses manches, rien ; son gilet, rien ; mais en bas de sa chemise, il y a une grosse tache ! Pourquoi à cet endroit ? Non, ce n'est pas le sang de *nana* Alia. C'est celui de la jeune fille que tu as sauvée.

Cette confusion le trouble. Il s'examine encore une fois. Aucune autre goutte de sang. Aucune trace du meurtre. Comment est-ce possible ?

Il est probable que tu ne l'as pas commis. Ce n'était que ta pauvre imagination. Ton identification très naïve à un personnage de roman. Une banalité, et rien d'autre ! Maintenant, tu peux rentrer chez toi, tranquillement. Tu peux même oublier que tu as promis, hier, à ta fiancée, Souphia, de passer cette nuit chez elle. Vu ton état, ne croise personne.

Oui, je n'y vais pas. Mais j'ai faim.

Maintenant que tu as cinquante afghanis, tu peux t'acheter du pain et quelques fruits. Cela fait plusieurs jours que tu n'as rien mangé.

Son ventre vide le dirige ainsi vers la place Joyshir. La boulangerie est fermée. À l'autre bout de la place, un vieux marchand est en train de ranger son échoppe. Après un moment d'indécision, Rassoul s'avance lentement vers la boutique. Il n'a pas fait trois pas qu'un hurlement le cloue sur place. « Non, non, ne prenez rien ! » Une femme voilée sort d'une des ruelles, en courant et en criant comme une folle. « … C'est de la chair… la chair des… » Elle s'immobilise au milieu de la place, surprise de trouver l'endroit si vide et si silencieux. Elle se laisse choir à terre, en geignant : « La chair des jeunes filles… avant-hier, ils en donnaient devant le mausolée… » Elle ne trouve que Rassoul pour déverser ses larmes sur lui : « Je te jure, frère, je ne mens pas. J'ai vu… », s'étire vers lui, « … l'offrande qu'ils m'ont donnée », baisse la voix, « … c'était les seins d'une fille ! », sort sa main du *tchadari*, « je te jure, frère… les mêmes hommes qui donnaient l'offrande, ici, tout à l'heure… c'étaient eux », se dévoile, « les mêmes… l'autre jour… devant le mausolée… » et, enfin, se tait. Puis, en essuyant ses larmes avec le pan de son *tchadari*, elle demande faiblement : « Frère, est-ce que tu as de l'argent ? J'ai trois enfants à nourrir. »

Rassoul, sans dire un mot, sort le billet de cinquante afghanis, et le donne à la femme qui se jette à ses pieds. « Merci mon frère… qu'Allah te protège ! »

Las des plaintes de la femme, mais fier en son âme, il s'éloigne.

Quel geste ! Comme s'il était si facile de te racheter.

Non. Je ne veux absolument pas me racheter.

Alors pourquoi cet acte de charité ? Tu ne vas pas dire que c'est par compassion ?! Personne ne te croira jamais. C'est simplement pour te convaincre que, malgré tout, tu as un bon fond. Même si tu es capable de tuer une *créature néfaste*, tu peux empêcher une pauvre famille de mourir de faim. Ce qui compte c'est ton intention ; que…

Oui ! Et c'est ça qui compte pour moi : mon…

Son pied trébuche contre une grosse pierre. Sa douleur à la cheville lui arrache un rictus. Un instant, il s'arrête. Il s'arrête non seulement de marcher, mais aussi de rabâcher le discours de Raskolnikov. Dieu (ou pierre) soit loué (e) !

Le chemin à parcourir jusqu'à la maison où il habite n'est pas long. Il peut marcher doucement, lentement.

Lorsqu'il arrive devant la porte, il attend un instant, et vérifie une dernière fois — autant que la lumière de la tombée de nuit le permet —, s'il a sur lui d'autres traces de sang. Toujours, la même tache dont il ne discerne pas vraiment si c'est la trace de son crime ou la marque de sa vertu.

Il respire profondément avant d'entrer dans la cour où retentissent les cris de joie des deux filles du propriétaire de la maison, qui se balancent sur une corde accrochée à une branche du seul arbre mort. À pas de loup, Rassoul prend l'escalier qui mène à sa petite chambre, située à l'autre bout de la cour. Lorsqu'il atteint la dernière marche, le cri des petites s'élève : « Salam *kâkâ* Rassoul ! »

Le temps d'ouvrir la porte, une autre voix, rauque et menaçante, l'empêche de se glisser à l'intérieur. « Hé, Rassoul, jusqu'à quand tu crois te sauver ? » C'est Yarmohamad, le propriétaire. Rassoul se retourne vers lui, maudissant silencieusement ses filles. Coiffé d'un bonnet de prière, Yarmohamad se tient dans l'encadrement de la fenêtre : « Alors, où est ton loyer ? Hein ? »

Contrarié, Rassoul redescend l'escalier avec peine, et va sous la fenêtre pour dire que, comme il le lui avait promis hier, il est allé aujourd'hui récupérer son argent, mais ça n'a pas marché. La dame qui le lui devait est partie. Il l'a cherchée toute la journée. Mais...

Mais il éprouve une étrange sensation de vide dans sa gorge. Aucun son n'en sort. Il tousse. Une toux vide. Sèche. Sans bruit. Sans matière. Il respire profondément, et tousse de nouveau. Encore, rien. Inquiet, il tente d'émettre un cri, un seul, n'importe. Et toujours rien n'émane, sauf un souffle étouffé, risible.

Qu'est-ce que j'ai ?

« Alors ? », s'impatiente Yarmohamad.

Qu'il attende ! Il y a quelque chose de grave qui se passe. Rassoul n'a plus de voix.

Il essaie à nouveau d'aspirer l'air profondément, d'amonceler ses forces dans la poitrine, de pousser les mots vers ses lèvres. Vainement. « Tu as trouvé cette personne qui te devait de l'argent ? » s'exclame Yarmohamad d'un ton moqueur. « Donne-moi son nom, alors ! Et demain tu auras ton pèze. Vas-y, donne-moi son nom... » Si tu savais, Yarmohamad, tu n'oserais pas parler de cette manière avec Rassoul. Il l'a tuée. Et il va te tuer aussi si tu l'embêtes. Regarde tout ce sang sur lui !

Rassoul passe sa main sur sa chemise tachée de sang, faisant taire ainsi Yarmohamad qui, craintif, se retire dans sa chambre, tout en reprenant son bougonnement : « Foutaise ! Toujours les mêmes bobards… » Laisse-le maugréer, Rassoul. Tu connais la suite : il va revenir à la fenêtre pour te dire encore que s'il t'a supporté pendant deux ans c'était par respect pour ton cousin Razmodin ; que sans son amitié, il t'aurait déjà flanqué à la porte ; que maintenant c'est fini, vous ne comptez plus pour lui, ni toi, ni ton cousin, etc.

Fais la sourde oreille, et rentre. Ne jette pas de regard pour voir si Rona, sa femme, est là ou non.

Elle est là, bien sûr, derrière une autre fenêtre. D'un air désolé, elle regarde Rassoul, comme pour chercher des excuses. Elle l'aime. Lui, Rassoul, s'en méfie. Pourtant elle ne lui déplaît pas. Il se masturbe souvent en pensant à elle. Sa méfiance vient de ce qu'il ne sait pas encore quel genre de sentiment — passion ou compassion — elle nourrit à son égard. Si c'est de la compassion, il la détestera. Et si c'est de la passion, cela détériorera encore plus ses relations avec Yarmohamad. Alors à quoi bon y penser ? Qu'il rentre dans sa chambre. Qu'il se repose pour retrouver le souffle et la voix.

Le grincement sec de la porte agite toute une armée de mouches qui s'est invitée à l'intérieur dans l'espoir de quelque chose à sucer. Il n'y a rien ici. Que des livres éparpillés ; un matelas crasseux ; quelques vêtements avachis, accrochés au mur ; une cruche en argile dans un coin de la pièce. Et c'est tout.

Rassoul se fraye un chemin en repoussant du pied les livres qui traînent autour de son matelas. Il tombe sur son lit, sans enlever ses chaussures. Il lui faut un moment de répit.

Ferme les yeux. Respire régulièrement, doucement, lentement.

Sa langue n'est qu'un bout de bois desséché.

Il se lève.

Il boit.

Il revient.

Sa gorge est toujours sèche et vide, vide de son.

Il respire profondément, souffle nerveusement.

Toujours, rien ne vibre.

Pris d'angoisse, il s'assied et se frappe la poitrine. En vain. Il se frappe encore, plus fort.

Du calme ! Il n'y a aucune raison de t'inquiéter. Ce n'est qu'un voile dans la gorge, un malaise respiratoire. C'est tout. Il faut que tu dormes. Demain, si cela continue, tu iras voir un médecin.

Il s'allonge, se tourne contre le mur. Le corps plié en deux, les mains coincées entre les genoux, les yeux fermés, il dort.

Il dort jusqu'à ce que l'appel à la prière de nuit s'élève, et que les coups de feu, que l'on entend de l'autre côté de la montagne, s'estompent. Et puis le silence. C'est ce silence inquiétant qui le réveille.

Fiévreux. Pas la force de se lever. Ni l'envie. Avec appréhension, il tente à nouveau de forcer sa voix. Le souffle sort toujours avec violence, sans mot aucun. De plus en plus troublé, il referme les yeux, mais les gémissements étouffés d'une femme le font sursauter. Il s'immobilise. Retient son souffle saccadé, et tend l'oreille. Plus aucun cri, aucune voix. Curieux, il se lève lentement, va vers la fenêtre et, à travers les mouches accrochées par grappes sur la vitre, jette un coup d'œil à la cour. Sous la lumière fade et froide de la lune, la cour est vide, triste et torpide.

Après une pause, il allume une bougie. Au milieu des livres, il prend un petit cahier qu'il ouvre, et sur une page il griffonne : « Aujourd'hui, j'ai tué *nana* Alia », puis le jette dans un coin, parmi les livres.

Boit de l'eau.

Éteint la bougie.

Retourne dans son lit.

Sur le mur, au-dessus de son corps brisé, la lune projette une croix, l'ombre de la fenêtre.

« C'était un jour de printemps. L'Armée rouge avait déjà quitté l'Afghanistan, et les moudjahidin ne s'étaient pas encore emparés du pouvoir. Je venais de rentrer de Leningrad. Pourquoi j'y étais parti, c'est une autre histoire que je ne peux pas raconter ici, dans ce cahier. Revenons à ce jour où je te rencontrai pour la première fois. Il y a déjà presque un an et demi. C'était à la bibliothèque de l'université de Kaboul, où je travaillais. Tu vins demander un livre, mais tu emportas mon cœur. Lorsque je te vis, ton regard, fuyant et pudique, m'intima de ne plus respirer, ton nom imprégna mon souffle : Souphia. Tout s'arrêta autour de moi, le temps, le monde… pour que toi, seule, puisses exister. Sans te dire un mot, je te suivis jusqu'à ta classe ; je t'attendis même à la sortie du cours. Mais impossible de m'approcher de toi, de t'aborder. Après, c'était toujours la même histoire. Je faisais tout pour te croiser, te jeter un regard, t'adresser un sourire, et rien d'autre. Pourquoi je n'arrivais pas à t'avouer mon amour ? Je ne comprenais pas. Par manque d'audace ? Ou par orgueil ? Quoi qu'il en fût, toute notre histoire

se résumait à ce regard furtif et à ce sourire discret que, peut-être, tu n'apercevais pas ; et même si tu les apercevais, tu n'osais pas, par timidité ou par pudeur, me répondre.

C'est cet amour qui me fit m'installer dans ce quartier de Dehafghânan, au pied de la montagne d'Asmaï, à deux pas de chez toi. À cette époque vous étiez dans une autre maison, celle qui dominait la ville, tout près des grands rochers que je voulais tailler, comme Farhad, pour sculpter ton effigie.

Tous les matins, je t'accompagnais discrètement jusqu'à l'université, et les après-midi jusqu'à la maison. Tu ne prenais pas le bus, exprès, peut-être. Cheveux couverts d'un léger voile, yeux cloués au sol, tu marchais lentement. Cœur emballé d'être accompagnée — même à distance — par moi, ton amoureux, n'est-ce pas ? Un jour, tu osas quand même provoquer un incident afin que je puisse t'aborder. Un coup bien classique : tu laissas tomber ton cahier par terre, espérant que j'allais le récupérer et te le rendre. Mais non, coup raté ! Je l'ai bien ramassé, mais sans jamais te le rendre. Je l'emportai avec moi, serré contre ma poitrine, comme le Coran. Et c'est sur ce cahier que je t'écris. »

C'est le même qu'il a sorti tout à l'heure pour noter : « *Aujourd'hui, j'ai tué* nana *Alia.* »

Il a écrit aussi des poèmes, des récits, tous adressés à Souphia, bien sûr, mais qu'elle n'a pas encore lus, comme celui-ci : « *Sombre est la terre. Sombre est le jour. Et regarde-moi, Souphia, dans cet empire des ténèbres, mon cœur s'exalte. Car, ce soir, il te retrouva !*

Tu ne me vis pas. Et même, peut-être, tu ne sus pas

que ce soir je dînai chez toi. Oui, je fus chez toi, avec ton père, je croisai même ton frère Dawoud.

Il y a presque un an et deux mois que je t'avais perdue de vue. Ou, plus exactement, un an et quarante-six jours. Oui, c'est ça. Il y a un an et quarante-six jours, je partis pour Mazâr-é Sharif retrouver ma famille. Mais je n'avais pas ma place chez moi. Mon père, qui voulait tant que je fasse mes études en URSS, dans le pays de ses rêves, était déçu par mon retour. Il ne me supportait plus. Sept mois après, je les abandonnai. Et quand je retournai à Kaboul, une autre guerre venait de commencer, une guerre fratricide, cette fois-ci, où l'on ne tire plus au nom de la liberté, mais pour se venger. La ville tout entière se terra. Elle oublia la vie, l'amitié, l'amour… Oui, dans cette ville, je retournai te chercher. Mais vous n'habitiez plus la même maison. Vous étiez partis ailleurs, mais où ? Personne ne savait.

Aujourd'hui, cet après-midi, je me suis rendu à la tchaykhâna. *Un nuage de fumée de tabac emplissait la maison de thé, bondée de barbus, j'étais assis sur un banc dans un coin et je buvais du thé. Les pas d'un homme, qui montait avec beaucoup de peine l'escalier de bois, attirèrent mon attention. C'était ton père, Moharamollah, devenu unijambiste, avec des béquilles coincées sous les bras. Je n'y croyais pas. Mon enthousiasme fut vite éteint. Il était suivi par deux amis. L'un, sans béquilles, boitait fortement et souffrait ; l'autre avait perdu un œil et le bras droit. Tous les trois planaient après avoir pris du haschisch au sous-sol, à la* sâqikhâna. *Ils s'assirent dans mon coin, près de moi. Je reculai lestement pour leur laisser de la place. Ton père s'assit à mes côtés. Il me jeta un regard per-*

çant, qui m'obligea malgré moi à sourire. Mon sourire l'agaça. De sa voix rauque et traînante, il me demanda : "C'est à cause de votre victoire que tu souris ?", en tirant vers moi le moignon de sa jambe coupée. "Je VOUS félicite pour cette victoire, brâdar *!" Je ravalai mon sourire. Je m'approchai de lui pour dire que je n'étais ni* dabarish, *barbu, ni* tavarish, *camarade… ni vaincu, encore moins vainqueur. Et en lissant ma barbe, je le rassurai : cette fourrure n'était qu'un "cadeau" de la guerre. J'ai l'impression qu'il fut frappé par cette réponse bien formulée. Il adoucit son regard et me demanda d'une voix calme d'où je venais. D'ici, de Dehafghânan. "C'est la première fois que je te vois", dit-il en me scrutant.*

Je cherchai comment lui expliquer que, moi, je le connaissais très bien, que j'étais amoureux de sa fille, que…

Mais je me l'interdis. En ce temps de doute et de soupçon, il ne fallait pas troubler les gens. Alors je lui dis que je venais récemment de déménager.

"Et que fais-tu dans la vie ?"

Pendant que je m'inventais dans la tête une profession rassurante, l'un de ses compères, le manchot, ricanait en s'adressant à l'autre : "Eh, Osman, maintenant notre tavarish Moharamollah devient enquêteur !

— Tu sais pourquoi Allah-o-Al-âlîm, *qui connaît tout, a conçu le chat sans ailes ? demanda Osman, le boiteux.*

— Parce qu'il aurait mangé tous les oiseaux du ciel !" répondit le manchot. "Louons Allah, le Vigilant, qui n'a pas fait de Moharamollah un moudjahid ailé, sinon…"

Ils éclatèrent de rire. Ton père, agacé, se tourna vers eux : "Attendez qu'ils viennent, ces chats ailés et barbus, quand ils vous le mettront profond, vous rirez jaune." Après cet avertissement, ses deux compagnons devinrent de plus en plus hilares. Le manchot s'approcha de lui et dit : "T'en fais pas ! Si on rit, c'est parce qu'on l'a déjà dans le cul !" Sa réplique fit s'esclaffer toute la maison de thé, y compris Moharamollah ; excepté le patron, qui, affolé, intervint : "Calmez-vous, ils vont se ruer ici, et un de ces jours ils interdiront la tchaykhâna *et la* sâqikhâna.

— Ils vont te la prendre, ta tchaykhâna *! Mais par la grâce de nos frères musulmans, les* brâdars, *ce qui abonde ici c'est le haschisch, la* sâqikhâna *et les culs défoncés !" répondit le manchot en essuyant ses larmes.*

Tout le monde rit de plus belle, le patron perdit patience. Il alla vers son comptoir, revint avec un bol d'eau et le renversa sur les deux invalides rieurs. Ils sursautèrent et cessèrent de rire. "On paie pour fumer et tu nous gâches l'ivresse !" dit le manchot, se levant et grommelant dans sa barbe. Tous deux mouillés, ils quittèrent le salon de thé.

Ton père resta, rembruni. Il se tourna vers moi qui le regardais d'un air joyeux. Cette joie, bien sûr, il ne la comprenait pas. Il ignorait que ce n'était pas les plaisanteries de ses compères qui me ravissaient, mais sa présence ici, la rencontre tant espérée de quelqu'un de ta famille, un signe de toi !

"Ne te moque pas de nous, jeune homme. C'est le destin qui nous a rendus ridicules, le destin ! » dit-il gravement, lentement. Après un bref silence, il poursui-

vit : "Le destin… On dit bien que c'est le destin qui oblige le miroir, un jour, à se contenter des cendres. Tu sais ce que cela veut dire ?" Il n'attendit pas ma réponse. "Tu sais que le miroir est un verre étamé. Et lorsque le temps emporte l'étain, alors on recouvre le verre avec de la cendre ! Oui, c'est lui, le destin, qui cendre tout… Quel âge as-tu ?

— Vingt-sept ans.

— J'ai deux fois ton âge… Et même plus… Une vie digne !" Son regard s'absenta, puis il reprit : "La guerre tue la dignité de l'homme", il se redressa, "j'ai le cœur en sang mais pas de sang sur les mains. Mes mains sont pures…" Il me montra ses paumes. "Moi aussi, j'ai fait le djihad… mais à ma façon…", il se rapprocha, "j'ai été longtemps le directeur administratif des Archives nationales. Elles étaient à Sâlangwat, non loin d'ici… À l'époque des communistes, les premiers, ceux qu'on appelait les Khalqi. Oui, à cette époque on avait un directeur général, de la race des chiens, qui vendait toutes les archives aux Russes. Chaque fois qu'un document disparaissait, j'avais envie de l'étrangler. C'était l'histoire de notre pays qu'il vendait. Tu comprends ? L'Histoire de notre pays ! Tu peux tout faire avec un peuple sans Histoire, tout ! La preuve…" La preuve, il la tut, me laissant la trouver dans les ruines de nos âmes. "Bref, je ne pouvais rien faire contre ce directeur. C'était un Khalqi…" Il cracha de dégoût et se tourna vers le patron de la tchaykhâna, *en criant : "Moussa, un thé pour ce…". en hochant la tête vers moi. Un temps, comme pour se rappeler de quoi il parlait. Je l'aidai. "Oui, bravo… le haschisch… il bousille la mémoire. Non, pas le haschisch, pardon !…*

le destin… il cendre la mémoire ! Pour supporter le destin, il faut du haschisch, une bonne quantité pour ne plus rien sentir. Mais où trouver l'argent maintenant ? Si j'en avais, je serais encore en bas, à la sâqikhâna… *” Je l'invitai. Il ne refusa pas. Nous nous levâmes, demandant au patron de nous apporter le thé au fumoir. Nous descendîmes. L'espace enfumé était éclairé par la lumière jaune d'une lampe à pétrole suspendue au plafond. On devinait des hommes silencieux, regard perdu, assis en rond autour d'un grand chilom. Tous en transe. Ton père nous trouva un coin. Il fuma, pas moi. Petit à petit, les autres s'en allèrent, et lorsqu'il ne resta que lui et moi, il reprit : “Qu'est-ce que je te racontais ?… ” Et je l'aidai encore. Il continua : “Oui, ce chien de directeur… Ce chien, à qui le sort avait donné des ailes, était un de ces nouveaux riches, qui avait entendu parler du whisky, mais qui n'en avait jamais goûté. Un jour, il m'a demandé de lui en apporter une bouteille. Il ne disait pas whisky mais* wetsakay *!” Il éclata de rire. “Tu sais ce que signifie* wetsakay *en pashtou ? » Là encore il ne me laissa pas le temps de répondre. “Ça veut dire : Tu veux boire ?” Une pause, puis il se fit grave. “Je suis allé lui acheter un alcool local, le pire que j'ai pu trouver, et j'y ai rajouté un peu de coca-cola, un peu de thé ! On aurait dit du whisky. J'en ai rempli une jolie bouteille que j'ai bien fermée. En professionnel ! Et je la lui ai apportée. J'ai demandé six cents afghanis. À l'époque cela faisait beaucoup d'argent, tu sais ! Ensuite, il me demandait toujours* wetsakay, *et je lui fournissais ce même alcool. Quelques mois encore, et son foie a explosé, crevé, fini !* KAPUTT *!” Fier, il tira une longue bouf-*

fée du narguilé et expira la fumée vers la lampe. "Alors, dis-moi, jeune homme, ce n'était pas le djihad ? Moi aussi je peux prétendre que je suis un moudjahid, un brâdar, un Ghâzi !" Je ne savais pas quoi répondre. Je le regardais avec tristesse. "Depuis ce jour, j'invoque Allah et je l'interroge sur ma justice, et sur sa justice à lui aussi ! Écoute, jeune homme, ce chien de directeur était un traître qui devait être châtié. C'est ce que j'ai fait. Je ne pouvais pas attendre le changement de régime pour lui faire un procès !" Encore une bouffée au chilom, et une pause. "Maintenant le régime a changé... Aujourd'hui n'importe quel crétin veut faire la justice, sans enquête, sans procès. Comme moi à l'époque. Quoi alors ! La visée du châtiment est de supprimer la trahison et non pas les traîtres... Aujourd'hui je me demande si ce genre de jugement et de châtiment n'est pas en lui-même un crime." Absorbé jusqu'ici par les traits et la voix de ton père, soudain je sursautai et lui demandai s'il avait lu Crime et châtiment. *Il posa sur moi un regard d'incompréhension, puis s'esclaffa. "Non, jeune homme, non ! La vie... J'ai lu la VIE !" Et soudain il se tut. Longuement. Moi aussi. Il fumait. Je réfléchissais. Chacun dans son monde. Mon monde à moi était habité par toi. Je cherchais un moyen pour faire parler ton père de toi. Soudain, il se remit à parler, mais toujours de son monde à lui : "Le tour des Khalqi était fini et le tour des Russes est arrivé. Puis, c'était un peu avant leur départ... Il pleuvait des roquettes de partout. Et un jour l'une a frappé les Archives. On était tous au bureau. Avec mes deux collègues, que tu as vus, on a couru pour sauver des flammes les documents les plus importants. Une autre roquette, et nous, tous les trois, nous sommes retrouvés en sang." Il hocha la tête, regrettant leur courage. "Maintenant, nous sommes invalides. Qui nous donne une médaille ? Qui pense à nous ? Personne !" De nouveau, le silence. De nouveau, les souvenirs, les remords, les regrets… "Depuis, je reste à la maison, avec ma femme et mes enfants. Je dois les nourrir, payer le loyer. Qui va payer tout ça ? Quand je suis allé demander de l'argent, on m'a insulté. Parce que j'ai travaillé sous le régime communiste, on m'a traité de traître. Je n'avais pas le choix, tous ces documents précieux que j'avais gardés, je les ai laissés en gage chez mon propriétaire, un militaire qui connaissait leur valeur. Mais il est décédé, un arrêt cardiaque. Ne restent que sa femme et sa fille. Après sa mort, j'ai dû tout renégocier avec sa femme…* nana *Alia, une salope ! Une sale inculte ! Non seulement elle ne m'a jamais rendu les documents, mais en plus elle augmente notre loyer chaque mois. On ne possède plus rien. Ma pauvre femme a donné en gage à cette ordure les objets de sa dot, ses bijoux… Désormais, c'est ma fille qui travaille chez elle pour payer les loyers."*

"Souphia, elle est donc là !", je voulais crier, me lever, me jeter dans les bras de ton père. "Que fais-tu dans la vie ?" me demanda-t-il en m'arrachant à ma joie intérieure : "Tu t'appelles comment déjà ?" Je lui donnai mon nom ; je lui dis que je travaillais à la bibliothèque de l'université. Après un silence, accompagné d'un regard rempli de tendresse, il constata : "Ça se voit que tu es cultivé, issu d'une bonne famille." Encore une pause. "J'ai deux enfants. Une fille et un garçon. Ma fille est pure, innocente…" Il se leva. "Il

est tard. Il faut que je rentre. Elle s'inquiète pour moi…"

Nous quittâmes le fumoir et nous nous perdîmes dans la brume maussade et poussiéreuse du crépuscule. Après quelques pas en silence, ton père reprit comme s'il n'avait jamais cessé de parler : "Mais la guerre ne connaît ni la pureté ni l'innocence. C'est ça qui me terrifie dans la guerre. Le sang et les massacres ne me font pas peur. C'est quand la dignité et l'innocence perdent leur valeur que ça m'effraie. Ma fille, comme sa mère, elle est la plus pure, la plus digne…" De nouveau le silence, long cette fois-ci, jusqu'à ce que nous nous arrêtions devant votre maison. "C'est ici ma demeure !" dit-il en ouvrant la porte. Tremblant, je tendis la main pour le saluer, mais il m'en empêcha : "Tu rentres ? Tu m'as invité, tu m'as accompagné jusqu'ici, et tu penses que je vais te laisser partir ?" Il m'invita. Dès que je mis un pied à l'intérieur, j'emplis mes poumons d'une grande bouffée d'air, cet air inspiré par toi. Je le gardai en moi, le plus longtemps possible… Je suivis ton père qui avançait dans votre petite cour, en passant sous l'espalier des vignes en éveil printanier. De plus en plus troublé, je redoutais l'instant de notre rencontre. Mon regard explorait tout, fouillait les coins et les recoins de la cour, inspectait les fenêtres fermées des chambres, parcourait le toit de la maison où ton frère, un pigeon dans les bras, nous regardait. "Bonjour !" lança-t-il. "Tu es encore sur le toit ?

— Il y avait un chat qui rôdait", répondit malicieusement ton frère. Ton père se retourna vers moi : "C'est Daoud, mon fils. Depuis que les écoles ont fermé,

il s'occupe de mes pigeons. Je ne peux plus monter là-haut." Nous entrâmes dans la maison. Ton père me conduisit dans une pièce obscure où il alluma une bougie ; puis il s'en alla, me laissant me complaire à caresser du pied l'unique kilim sur le sol. Tout excité par mes palpitations amoureuses, j'hésitais à m'asseoir sur un des trois matelas. Je me demandais si tu savais que j'étais là, dans ta maison. Eh non. Ce soir-là, je ne pus te voir, ma bien-aimée. Après le dîner, je quittai ta maison dans l'espoir d'y revenir bientôt. »

Un autre passage :

« Vendredi dernier, alors que je paressais dans mon lit, cherchant un prétexte pour me rendre chez toi, je fus arraché violemment à ma torpeur par la déflagration d'une bombe qui fit trembler le quartier. Pris de panique, je me hâtai de quitter la chambre et, mû par un étrange sentiment, courus vers le lieu de l'explosion. Ce que je vis me pétrifia. La maison de thé n'était qu'une ruine en feu d'où une fumée âcre s'élevait. Des femmes et des hommes s'affairaient à déterrer les corps ensevelis sous les décombres. De ce qu'ils disaient, je compris que certains avaient pu se sauver, mais que d'autres étaient encore coincés sous les gravats. Je me mis à aider les gens à dégager les victimes. Dans les éboulis, je découvris ton père agonisant. Je le mis sur un chariot et le ramenai à la maison.

Et toi, tu nous ouvris la porte. »

Souphia ne reconnut pas Rassoul avec sa barbe touffue. Lui ne se présenta pas non plus. Et ce n'est que quand il fit venir un médecin, puis quand il repartit chercher des médicaments, que petit à petit elle remit son visage. Mais, toute aux derniers soupirs de son père, elle oublia vite la joie de leurs retrouvailles. Le soir même, le destin de Souphia reposait entre ses mains, entre ses mains vides, mais fermes.

Ainsi trouva-t-il une autre famille qui reconnut en lui un homme, un sauveur, un protecteur… — des adjectifs importants pour quelqu'un d'aussi orgueilleux.

Mais le voici, aujourd'hui, harassé, incertain, au bord de l'abîme, perdu dans ses rêvasseries, englouti dans ses cauchemars, sous la lune qui s'échappe des murs.

L'ombre de la fenêtre se brise maintenant sur son corps fiévreux.

À nouveau un cri, le même que tout à l'heure, mais plus fort ; puis des gémissements, plus douloureux. Ils lacèrent le silence de la chambre, et pénètrent violemment le sommeil de Rassoul, qui sursaute et s'assied sur le lit, retenant son souffle pour mieux entendre. D'où viennent ces plaintes ? De qui ? Il s'efforce de se lever. Sans force. La douleur à son pied ! Il a la sensation d'être attaché par les chevilles. Il se traîne jusqu'au bas de la fenêtre, et lève la tête pour jeter un coup d'œil dans la cour. Il distingue d'abord les deux filles de Yarmohamad, qui — debout sur la terrasse, chacune une lampe-tempête à la main — regardent, avec une étrange sérénité, l'arbre mort que Rassoul ne peut pas bien apercevoir. Il se hisse un peu plus. Ce qu'il voit lui coupe le souffle : Yarmohamad surgit du couloir, un grand couteau à la main. Il se rue vers le corps dénudé d'une femme pendue par les chevilles à une branche de l'arbre avec la corde de la balançoire. Le regard pétrifié de Rassoul se dirige vers une fenêtre derrière laquelle il aperçoit Rona, tenant, elle aussi, une lampe-tempête. Mais elle ne regarde ni son mari, ni l'arbre, ni ses deux filles. Elle est en train de lui envoyer, discrètement, des baisers. Rassoul, hébété, se rapproche un peu plus de la fenêtre. Yarmohamad fait pivoter le corps, et le visage de la femme apparaît. C'est Souphia. Rassoul crie. Un cri étouffé, mort dans sa poitrine. Yarmohamad commence à couper les seins de la jeune fille. Les plaintes se transforment en hurlements. Rassoul, incapable de se mettre debout, frappe contre la fenêtre avec furie. Yarmohamad, imperturbable, finit de découper le sein de Souphia qui cesse de se lamenter et de gémir. Rassoul continue à frapper contre la fenêtre jusqu'à ce que la vitre se brise.

Soudain, le bruit de la porte qui s'ouvre, la lumière violente de deux torches qui l'aveuglent, et les vociférations terrifiantes d'hommes barbus, armés de kalachnikovs, qui prennent la chambre d'assaut. Rassoul, effondré au pied de la fenêtre, au milieu des bris de verre, se bat pour se redresser. L'un des assaillants se rue vers lui, le matraque à la tête avec sa lampe. Un autre fouille dans ses piles de livres. « Satané communiste, tu t'es caché comme un rat ! » Rassoul ferme les yeux, puis les rouvre dans l'espoir de voir disparaître ces ombres de cauchemar. Peine perdue, ils sont toujours là. Et toi, tu n'es plus dans ton rêve. Défends-toi, fais quelque chose !

Quoi ?

Rassure-les, dis-leur que tu n'es pas un communiste, que ces livres russes ne sont pas de la propagande communiste, mais les œuvres de Dostoïevski. Crie !

« Les Russes ont niqué ta mère ! » L'un des hommes armés lui ouvre la lèvre avec un livre ; du sang coule.

Oublie Dostoïevski ! Dis autre chose, supplie, jure au nom d'Allah…

Il essaie, mais Allah ne résonne plus dans sa gorge.

L'un des hommes le frappe encore plus fort, le jette à terre. Là, Rassoul aperçoit Yarmohamad qui, debout sur le pas de la porte, regarde non sans plaisir la scène. L'un des hommes l'interpelle : « Depuis quand se cache-t-il ici ? » Il s'avance d'un pas pour répondre servilement : « Plus d'un an… Je vous jure, c'est par amitié pour son cousin que je lui ai loué cette chambre. Son cousin, Razmodin, est un moudjahid droit et pieux… Je jure sur Allah qu'il cache ses livres même à son cousin. Razmodin n'est pas du genre à se porter garant d'un impie communiste, même s'il est son propre frère… » Rassoul, écœuré, veut protester, se redresse pour se jeter sur Yarmohamad, le prendre par le cou, le frapper, le faire revenir à la raison. Un peu de dignité, Yarmohamad ! Mais le coup de pied qu'il reçoit dans le bas-ventre le plie en deux. « Tu te sauves ? »

Me sauver ? Non… « Pourquoi tu as cassé la fenêtre ? » La fenêtre ?… Non, mais c'est…

Confus, Rassoul se redresse avec peine pour jeter un coup d'œil vers la cour où tout est sombre, silencieux. Le trouble total. Son regard inquiet revient vers Yarmohamad, sur ses mains vides, propres.

« Allez, viens avec nous au poste ! » Ils l'emmènent, emportant sous le bras quelques livres russes comme pièces à conviction.

En passant devant Yarmohamad, Rassoul le regarde droit dans les yeux pour lui faire comprendre qu'il va payer cher sa lâcheté. Il l'entend murmurer : « Razmodin aussi va te le mettre profond, avec tes livres ! »

Non, ces deux hommes ne sont quand même pas venus chez moi à cette heure-ci pour me tabasser à cause de mes livres. Quelqu'un m'a forcément dénoncé pour le meurtre de la vieille. C'est fini ! La femme au *tchadari* bleu ciel. C'est elle. Elle s'est débarrassée de moi. Moi aussi, je vais tout dire, tout. Je vais la dénoncer comme complice. Elle n'a pas le droit de vivre en paix, sans partager mon crime et mon châtiment !

Suis-je encore endormi ?

Et ce silence — perturbé de temps en temps par des chuchotements, par des bruits de pas feutrés, par des plaintes étouffées... —, c'est dans mon rêve que je le perçois ?

Ouvre les yeux, et tu le sauras.

Il ouvre subitement les yeux. Mais une lumière blanche l'aveugle. Il referme les paupières pour les rouvrir avec douceur. Toujours la même lumière. Il tend l'oreille. Toujours les mêmes sons. Ce n'est donc pas un rêve ?

Non. De ça, il peut être sûr. Cette lumière blafarde, ces murs blancs, ces voix étouffées lui donnent l'impression d'être dans un hôpital... Sauf qu'il n'est pas dans un lit blanc. Il est presque couché sur un vieux canapé en cuir, avec ce trou de mémoire qu'il tente de combler d'images et de sons qui l'assaillent : les deux hommes qui l'ont lynché dans sa chambre ; la porte du « ministère des Informations et de la Culture » ; le faisceau de lumière aveuglante d'un garde qui les arrête ; les deux hommes qui l'escortent pour monter l'escalier du bâtiment ; la douleur lancinante à la cheville ; un long couloir, éclairé par de faibles ampoules, où de jeunes blessés somnolent allongés dans un coin, pendant que d'autres fument sur des chaises ou dans de vieux fauteuils déglingués ; plus loin, d'autres, assis à même le sol autour d'une nappe, mangent du pain et du fromage ; encore plus loin, trois ou quatre hommes nettoient de vieilles pétoires russes ; un vieillard récite le Coran ; un autre cuisine sur le réchaud, infestant la pièce d'une odeur grasse et épicée… Une sensation étrange et inquiétante s'empare de Rassoul. Il croit vivre une scène déjà vécue. Il pense qu'il traverse, retraverse, de long en large, ce couloir interminable, sous les regards soupçonneux et lourds. Il perd conscience. Tout devient noir.

Le voilà maintenant ici, assis face à un homme très sérieux qui, derrière un grand bureau, feuillette ses livres russes, parcourt les papiers qui traînent à l'intérieur des bouquins ; et derrière lui, les deux barbus qui l'ont amené ici.

En se redressant, il attire l'attention de l'homme posté derrière le bureau. Calme, coiffé d'un *pakol*, le visage pointu, la peau tannée, avec une barbe soigneusement taillée. Il cesse de lire et, avec un léger sourire, demande à Rassoul : « *Watandâr*, tu viens d'où ? »

Watandâr, voilà un mot rassurant, une jolie expression presque oubliée depuis que cette guerre fratricide a commencé. Aujourd'hui, rares sont ceux qui appellent « compatriote » les gens qui ne sont pas de leur camp. Ne crains rien, donc !

En effet, il n'y a rien à craindre. Je vais m'asseoir convenablement sur le canapé, et répondre avec beaucoup de sérénité que je suis de Kaboul.

Ses lèvres remuent. Le nom de sa ville natale n'est qu'un souffle, feutré, inaudible. « Je n'ai pas entendu », dit l'homme en se penchant par-dessus le bureau.

A-t-il déjà oublié que sa voix est éteinte ?

Une toux intérieure pour dégager la gorge. Toujours, aucun son ne vibre.

Abasourdi, il essaie de bouger les mains, de faire des signes, de montrer sa pomme d'Adam, de la serrer nerveusement entre ses doigts, comme pour faire comprendre qu'il n'arrive pas à parler. « Tu es muet ? » Non, fait-il. « Tu entends ? » Oui. « Tu es malade ? » Mmm, oui.

L'homme s'enfonce dans son fauteuil et, d'un regard soupçonneux, fixe Rassoul, longuement, puis demande : « Tu es de quel camp ? »

D'aucun ! souffle Rassoul, mais le mot reste prisonnier de ses cordes vocales, et ses mains s'agitent en tous sens pour décrire le mot. L'homme se soulève de son fauteuil et lui tend un crayon qu'il prend pour écrire : « *D'aucun.* » L'homme lit. Puis il scrute de nouveau Rassoul en se demandant, sans doute, comment il est possible de vivre sur cette terre déchirée par la guerre civile, et sans appartenir à aucun camp !

Puis : « Tu es de quelle ethnie ? » Rassoul griffonne : « *Né à Kaboul.* » Rien de plus. L'homme n'a pas l'air convaincu non plus par sa réponse. « Où est-ce que tu as appris le russe ? »

Rassoul écrit : « *J'étais étudiant en Russie.* » L'homme lit sa réponse à haute voix, et demande : « Et qu'est-ce que tu étudiais ? » « *Le droit* », écrit Rassoul, puis, après une courte hésitation, il ajoute : « *Et à lire ce maudit Dostoïevski !* » L'homme lit, rit et l'interroge : « Pourquoi *ce maudit Dostoïevski* ? » Rassoul fait un geste d'épuisement, et montre sa chemise tachée de sang. Son interlocuteur reprend : « Ces deux *watandârs* sont illettrés. Pour eux un livre russe est forcément de la propagande communiste. »

C'est bon, Rassoul, tu es sauvé. Cet homme peut te comprendre. Il ne faut pas rater cette occasion d'en savoir un peu plus sur le motif de ton arrestation. Mais par où commencer ? Est-ce qu'il connaît Dostoïevski ?

Il écrit ; l'autre lit et répond : « Oui, quand j'étais étudiant je lisais ses livres, en persan bien sûr. J'étais étudiant à l'Institut polytechnique. Mais, après les manifestations de 1981 contre l'invasion soviétique, j'ai abandonné mes études pour rejoindre les moudjahidin. Et toi, est-ce que tu étais dans le… Komsomol ? » Il est malin, plus malin que tu ne le penses. Il ne se laisse pas interroger par un jeune Kabouli comme toi. Ne joue pas avec lui. En ce moment, ta vie est entre ses mains. Il peut t'écraser d'un souffle. Ne sois pas arrogant. Présente ta vie simplement et humblement : tu as passé quelques années en Russie, à Leningrad… Non, il faut dire à Saint-Pétersbourg. Parle de tes mésaventures, de ton conflit avec ton père communiste qui t'a envoyé en URSS contre ta volonté, pour étudier. Tu n'y es resté que trois ans, de 1986 à 1989. Là-bas, tu as connu une fille que tu appelais *Koussinka*, mon poussin. Non, laisse tomber cette histoire d'amour avec une fille russe. Ce moudjahid ne doit pas aimer ce genre d'aventure avec une fille *kafir*. Écris simplement que tu as connu un spécialiste de Dostoïevski. Il t'a offert ce premier livre, *Crime et châtiment*, qui a bouleversé ta vie. Tu as tout foutu en l'air…

Ah, non ! c'est trop long à écrire. Il faut être précis, concis.

Il se met à résumer sa vie, mais à peine a-t-il écrit la première phrase qu'il est arrêté par la voix pleine et pensive de l'homme. Il lit l'un de ces papiers manuscrits — ce sont les extraits de *Crime et châtiment* que Rassoul a traduits —, puis il s'arrête pour dire qu'il y a longtemps il a lu *Les Démons*, mais pas ce livre-là. Rassoul bondit pour chercher dans ses papiers la traduction qu'il a faite de la quatrième de couverture de *Crime et châtiment*. Il la trouve et la lui donne. L'homme s'en empare et la lit dans sa barbe : « *L'acte fondateur du roman est le meurtre de la vieille usurière, dans un immeuble de Saint-Pétersbourg, par l'étudiant Raskolnikov : sa réflexion sur le mobile du crime, l'influence de Sonia ou une mystérieuse puissance intérieure, poussent le héros à se dénoncer et à devenir l'objet d'un châtiment librement consenti. C'est pendant les années de bagne que se révèle à lui son amour pour Sonia, et le chemin de la rédemption.* » Il hoche la tête pour exprimer son admiration, puis réfléchit à haute voix : « C'est une très bonne leçon pour les criminels. » Rassoul se mord les lèvres, ces lèvres qui bougent vainement pour articuler mille et un mots à propos de ce livre. Il aimerait exposer pour la mille et unième fois les mobiles de cet assassinat : ce n'est pas uniquement le vol ; pour Raskolnikov, l'usurière est une bête nuisible qui vole l'argent des malheureux, et l'éliminer n'est que justice ; en accomplissant son geste, Raskolnikov affirme son appartenance à la race des esprits supérieurs qui se situent « par-delà le bien et le mal » ; pour lui, son crime est la transgression suprême de la loi morale et sociale, il prouve l'indépendance et la liberté… Comme tous les grands hommes de l'histoire, comme Mahomet, Napoléon ou…

Quel dommage !

« … ça doit être intéressant comme livre. C'est une histoire mystique », poursuit l'homme d'un air sérieux. Et Rassoul continue à maudire son aphonie, son incapacité à raconter qu'en effet Dostoïevski n'est pas un écrivain révolutionnaire et communiste, mais un mystique. Lui l'a répété cent fois, mais ses professeurs russes ne l'admettaient pas ; ils n'aimaient pas ce genre d'analyses très orientales. D'ailleurs, ils n'aimaient pas du tout Dostoïevski. En Russie, il n'était nullement apprécié des communistes. Impossible pour eux d'accepter que la pensée de Dostoïevski dépassait la psychologie de l'homme pour atteindre à la métaphysique… Ce livre est à lire en Afghanistan, un pays autrefois mystique, qui a perdu le sentiment de responsabilité. Rassoul est convaincu que si on l'enseignait ici il n'y aurait pas autant de crimes !

Quelle âme naïve !

Oublie Dostoïevski, sauve ta peau, écoute cet homme qui te demande : « Dès que tu auras retrouvé ta voix, viens me voir pour discuter de tout ça, tranquillement. » D'accord, fait Rassoul de la tête sans grande conviction. « Mes gars ne tiennent pas à t'embêter », lui dit l'homme en ramassant les livres. Puis il regarde Rassoul avec curiosité, quand un détail lui revient à l'esprit : « Il y a une chose qui m'intrigue à ton sujet. » Quoi ? « Jano m'a dit que tu voulais fuir quand ils sont arrivés. Pourquoi ? » Non, il ne voulait pas fuir, crois-le. Il faisait un cauchemar. La porte et la fenêtre étaient bloquées. Il n'arrivait pas à les ouvrir. Regarde ses mains, elles sont blessées.

Mais comment croire que dans un cauchemar on puisse briser une fenêtre !

L'homme fixe les mains de Rassoul, tendues vers lui. D'un air désolé, il dit : « On doit faire régner l'ordre dans ce quartier. Mais c'est difficile, et désarmer la population ne suffit pas. Tu prends leurs armes, ils prennent des couteaux et des haches… Hier, quelqu'un a été tué à la hache, en plein jour. » Ça y est, ils ont découvert le corps de *nana* Alia. Et me voilà, moi, l'assassin, assis devant le responsable de la sécurité de la ville !

Rassoul devient pâle. Il s'affale sur le fauteuil. « Qu'est-ce qui se passe, *watandâr* ? » Ébranlé, Rassoul regarde l'homme, avec des frissons sur les lèvres. « Tu as l'air fatigué. Prends tes livres et rentre chez toi. On se reverra un autre jour et on discutera. » Il lui fait un clin d'œil, prend son fusil et va réveiller Jano et son compagnon. « Allez, les gars, ramenez ce jeune homme chez lui ! », s'adressant à Rassoul, « comment t'appelles-tu ? », Rassoul écrit son nom. « Rassoul, nous avons besoin de gens cultivés comme toi ; je veux dire pour servir la patrie et l'islam. Viens demain t'inscrire et aide-nous à sécuriser le quartier. Tu es un enfant d'ici. Tu connais le parcours et le passé de chacun. Tu sais qui est dans chaque maison et ce qu'il y a... » Il sourit avec une politesse désarmante, en se dirigeant vers la porte, puis se tourne de nouveau vers Rassoul : « Viens et demande Parwaiz, c'est mon nom », et s'en va. Le renard ! il doit tout savoir. Mais qu'est-ce qu'il me veut ?

« Allez, Rassoulovski, bouge ! » lui commande Jano, ensommeillé. Rassoul reste inerte. « Tu ne veux pas rentrer chez toi ? »

Avant d'entrer dans la cour de la maison, Rassoul ne souhaite que deux choses : d'abord, ne pas voir de sang sous l'arbre — il doute encore de son cauchemar ; ensuite, ne pas croiser Yarmohamad — il ne veut pas se salir les mains avec le sang pourri de l'homme qu'il hait, parce que la mort est une faveur pour ce genre de personne. Il faut s'insinuer dans sa vie, hanter son esprit, posséder ses rêves, devenir son destin.

Il entre donc. Ses livres sous le bras. Dans le volume de la nuit pâle, il s'approche de l'arbre et passe sa main sur le tronc. Il inspecte le sol, au pied de l'arbre. Aucune trace de sang. Il se relève et regarde vers la fenêtre de sa chambre. La vitre a réellement été cassée. Il se tourne vers la fenêtre de Yarmohamad. Après un bref moment d'hésitation, il s'en approche pour crier qu'il est de retour, sain et sauf. Son cri se suspend dans sa gorge. Il frappe alors à la fenêtre. La tête rasée de Yarmohamad surgit dans la pénombre. Le visage défait, soucieux de ne pas réveiller sa femme et ses enfants, il demande à Rassoul de se calmer. Peine perdue. Rassoul continue à frapper sur la vitre. Puis, en brandissant ses livres, il lui adresse un bras d'honneur. Cela fait, il lui tourne le dos et prend le chemin de sa chambre. Soulagé, triomphant.

Vas-y, Yarmohamad, dors maintenant, à toi tous les cauchemars ! Je hanterai tes rêves.

Une fois entré dans sa chambre, il a envie de hurler. Hurler de joie. Ou d'horreur. Il expire violemment, pour s'extraire un souffle, brûlant, mais sans joie ni horreur.

Une sueur froide lui parcourt le dos. Il jette les livres à terre, allume une bougie. La fenêtre cassée l'intrigue plus que tout. Il ne comprend toujours pas comment il a pu la casser dans son sommeil.

Suis-je devenu fou ? Ne dit-on pas que les premiers signes de folie se manifestent lorsque le cauchemar déborde le sommeil pour pénétrer et s'installer dans la veille ?

Désespéré, il enlève ses chaussures et s'allonge. Il a peur de fermer les yeux. Il a peur de ses cauchemars. Oui, ce sont ces démons de lit, ces ombres de nuit qui me volent la voix, me rendent fou. Je ne dors plus !

Mais la fatigue est plus forte que sa volonté. Elle lui ferme les yeux, le pousse dans l'abîme des ténèbres. Et il n'en sort que par l'explosion d'une roquette, pas très loin. Sursaute. S'assied, en sueur. Sa langue est encore sèche, sa poitrine en feu.

De nouveau le silence.

La montagne engloutit la lune.
La nuit consume la bougie.
La pénombre engourdit la chambre.

Rassoul se lève. Après avoir collé sur le cadavre de la bougie éteinte une autre bougie, il boit de l'eau, puis retourne à son lit. Il ne veut plus s'allonger. Il reste assis, adossé au mur. Que faire ? Lis un livre. Il se penche pour en prendre un au hasard, mais le jette tout de suite, et cherche le premier volume de *Crime et châtiment*, l'ouvre à la page où Raskolnikov, après le meurtre, rentre chez lui… *Couché ainsi, il le resta très longtemps. Il lui arrivait même d'avoir l'impression de se réveiller et, à ce moment-là, il remarquait que la nuit était tombée depuis longtemps, or, il ne lui venait pas à l'esprit de se lever. Il remarqua enfin que la lumière luisait comme en plein jour. Il gisait de tout son long sur le divan, encore hébété de cette absence qui l'avait saisi. Des hurlements désespérés, terrifiants, lui parvenaient violemment de la rue, des hurlements qu'il écoutait, du reste, toutes les nuits, sous sa fenêtre, vers les deux heures. C'est eux qui venaient de le réveiller à présent. « Ah, les ivrognes qui sortent déjà des tavernes, se dit-il, deux heures passées » — et, d'un coup, il bondit, comme si quelqu'un venait de l'arracher au divan. « Comment ! Déjà deux heures passées ! » Il s'assit sur le divan — et, là, il se souvint de tout ! D'un coup, en une seconde, il se souvint de tout !*

Le premier instant, il pensa qu'il allait devenir fou. Un froid terrifiant le saisit ; mais... ce froid ne vient pas de l'extérieur. Non, il ne fait pas froid du tout. C'est plutôt une froideur, une étrange froideur qui se dégage de l'intérieur. Elle s'exhale de la chambre, de ses murs fades, de ses poutres noircies et pourrissantes...

Il se lève et va vers la fenêtre pour l'ouvrir. Dehors, quel beau temps ! Il se chausse et quitte la chambre en hâte, descend l'escalier, traverse la cour, évitant de croiser le propriétaire. Et il se retrouve dans la rue. Cœur joyeux, corps léger, il se dirige vers la rivière. Partout, des femmes, des hommes, des jeunes, des musiciens, flânent sous le soleil de l'après-midi. Au bord de la rivière Neva, il erre au milieu des passants. Personne ne le remarque. Personne ne lui jette de regard méfiant. Pourtant, avec ses habits usés et tachés de sang, il ne peut pas passer inaperçu. Quel bonheur de ne pas être remarqué, d'être imperceptible ! Emporté par le ravissement de son invisibilité, soudain dans la foule, il distingue une femme en *tchadari* bleu ciel. Que fait-elle ici à Saint-Pétersbourg ? Elle passe à toute allure à côté de lui. Sidéré, il la fixe. Sa démarche lui est familière. Elle disparaît dans la foule. Il reprend enfin ses esprits et se précipite. Il aperçoit la femme au *tchadari* qui traverse un carrefour fréquenté. Il se met à courir à en perdre haleine, jusqu'à pouvoir tendre la main et attraper la femme. Il parvient à saisir son *tchadari*, et l'enlève. La femme est nue. Épouvantée, elle se recroqueville pour dissimuler son corps et son visage, mais aussi l'objet qu'elle tient dans les mains. Puis, lentement, elle relève la tête. C'est Souphia. Elle serre entre ses genoux le coffret de bijoux de *nana* Alia. Rassoul, désemparé, la regarde et murmure quelque chose d'inaudible. Il ferme les yeux, se jette à ses pieds pour crier, remercier Souphia. Il se sent sauvé. Elle l'a sauvé. Une main le secoue. « Rassoul ! Rassoul ! » Ce n'est pas la voix de Souphia. C'est la voix d'un homme. Une voix connue. C'est Razmodin, son cousin. Mais où est-il ?

Là devant toi, dans ta chambre. Ouvre les yeux !

Mal réveillé, Rassoul se redresse brusquement en faisant tomber *Crime et châtiment*, posé sur sa poitrine. « Razmodin ? » Le nom de son cousin agite ses lèvres et s'y perd. Il toussote et fait semblant de dire « Salam ». Razmodin, agenouillé près de lui, le regarde avec inquiétude. « Ça va, cousin ? » Rassoul ouvre grands les yeux, puis les referme aussitôt, songeur. « Qu'est-ce qui se passe ? Tu vas bien ? » insiste Razmodin. Rassoul acquiesce de la tête et s'assied sur le matelas, regard fuyant vers la fenêtre cassée de la chambre. Le jour s'est déjà levé, mais le soleil est toujours noir, noir derrière la fumée. « Tu veux que je t'emmène chez un médecin ? » Non, ça va, fait-il. « Oui, ça se voit ! Dis-moi ce qui se passe ? » Inquiet, le regard de Razmodin s'attarde sur la chemise de Rassoul. « C'est quoi ce sang ? Ils t'ont tabassé ? »

Après un bref instant de réflexion, Rassoul se met debout pour jeter un coup d'œil vers la cour, où il aperçoit Yarmohamad qui l'observe. Il lui fait signe de monter dans sa chambre. Mais Yarmohamad se retire dans sa maison. « Laisse-le ! Il est venu à mon bureau, à l'aube, pour tout me raconter. Il était pâle et me disait que ce n'était pas lui… Et c'est vrai. Ces jours-ci, il y a des patrouilles partout. Surtout dans ce quartier… Tu ignores tout de ce qui se passe en ce moment dans le pays. Enfoui dans je ne sais quel monde, tu ne t'intéresses… » Arrête, Razmodin, s'il te plaît ! Regarde ce qu'ils lui ont fait.

Razmodin s'arrête, non pas pour regarder l'état de Rassoul, mais pour l'entendre s'expliquer. Il attend un moment. Aucun mot. Il s'étonne. Rassoul relève ses manches pour lui montrer ses nombreux bleus. « Quels fils de pute ! Mais toi aussi tu es cinglé. Pourquoi par des temps pareils tu gardes tous ces livres russes ? » Sa douleur à la cheville reprend Rassoul. Le visage défait, il regagne son lit pour se masser. Son cousin le toise : « Dostoïevski ! Dostoïevski ! Tu te mets toujours dans la merde avec ton Dostoïevski ! Comment veux-tu qu'ils connaissent Dostoïevski ? »

Ils ne sont pas tous aussi incultes que toi, Razmodin ! Le commandant Parwaiz, dont tu dois avoir entendu le nom, lui, il le connaît. Ses troupes sont là, en face de ton hôtel, au ministère des Informations et de la Culture. Mais dans mon état actuel, je ne peux pas t'en parler.

Écris-le-lui !

À quoi bon ? Je suis plus tranquille comme ça, sans mots, sans conversations interminables. Je le laisse dans sa perplexité face à mon mutisme.

« Yarmohamad m'a dit qu'ils t'avaient emmené au poste du commandant Parwaiz. Je le connais. » Voilà, tu as raison. « Pendant les manifestations de 1979, on a fait de la prison ensemble. Tu es béni d'être tombé sur lui. Tu lui as parlé de moi ? » Rassoul secoue négativement la tête, puis il se lève pour se poster à nouveau derrière la fenêtre. Yarmohamad est de retour dans la cour. Rassoul lui fait encore signe de monter. « Oublie-le, c'est fini. Je lui ai donné les deux mois de loyer en retard, il va te laisser tranquille. » Gêné par la générosité de son cousin, Rassoul retourne à petits pas vers son lit et tente de lui dire en gesticulant qu'il n'aurait pas dû, que lui-même l'aurait payé… Les mêmes mots qu'il avait sortis la dernière fois, lorsque Razmodin avait payé pour lui trois mois de loyer.

« Tu aurais payé avec quoi ? ! Tu as tout laissé tomber. Regarde dans quel état tu es. On dirait un mendiant, un fou échappé d'un asile ! » aurait encore dit Razmodin.

Donc, ce n'est pas la peine que Rassoul se donne tant de mal pour se faire comprendre. Mais Razmodin espère entendre quand même Rassoul. Il ne comprend pas pourquoi il évite de lui parler. Il le regarde avec curiosité se relever et fouiller parmi un tas de linges, pour dénicher une chemise propre. Mais elles sont toutes sales et froissées. Rassoul le sait, c'est pour faire semblant, non qu'il ne tienne pas à répondre à Razmodin, mais parce qu'il ne veut pas le mettre au courant de la perte de sa voix. Ils sont cousins, et ils se connaissent bien. Ils s'entendent dire des choses, même en silence. Malgré cela, Razmodin insiste, comme toujours : « Rassoul, tu dois faire quelque chose. Jusqu'à quand vas-tu vivre comme ça ? Si, comme toi, je savais parler plusieurs langues, j'aurais ramassé de l'or à la pelle. Ces journalistes étrangers et ces organismes humanitaires, ils ont tous besoin de traducteurs. Tous les jours et plus de cent fois on me demande si je connais quelqu'un qui parle l'anglais, même élémentaire. Mais comment oser donner encore ton nom ? Tu m'as déjà mis dans la merde. Plus de dix fois je m'en suis mordu les doigts. » Et, comme d'habitude, il va encore lui pardonner : « Si tu veux, je peux oublier le passé et te présenter à nouveau. Mais, cousin, je t'en supplie, ne t'en prends plus aux journalistes. Qu'est-ce que tu en as à foutre, de qui travaille pour qui, et pourquoi il défend tel ou tel groupe. Prends les dollars, tu les encules avec leurs idées et leurs positions politiques à la con ! » Mais cette fois-ci, il n'attend pas que Rassoul lui rebatte les oreilles de sa devise : « Je préfère le crime à la trahison ! », il continue : « C'est facile de dire que tu préfères le crime à la trahison. Alors pourquoi tu ne prends pas une arme ? Tu fais comme *shotor-*

morgh. Si on te demande de voler, tu dis que tu es un chameau, et si on te demande de charrier, tu dis que tu es un oiseau. Tu as laissé tomber tes parents, tu as oublié ta sœur et tes amis. Si tu veux perdre complètement la tête, continue. Sais-tu au moins ce que tu veux dans la vie ? » En colère, il se lève, prend une cigarette dans sa poche et l'allume. Rassoul, bien qu'agacé par ces reproches récurrents, fait toujours semblant de chercher une chemise, tout en opinant de la tête, et en faisant tournoyer en l'air sa main pour lui faire comprendre qu'il connaît la suite : « Je te jure, tu as changé, tu n'es plus le même. Tu voulais Souphia, tu l'as eue. Mais qu'est-ce que tu en fais maintenant ? Tu veux lui réserver le même sort qu'à toi ? Cousin, nous avons grandi ensemble, on se connaît bien, tu es comme mon frère. Tu m'as tout appris… » Le reste, Razmodin le tait, parce que, il y a encore quelques semaines, il lui a tenu le même discours, ou presque, et que Rassoul lui a sèchement répondu : « Sauf une chose.

— Quoi ?

— L'horreur de faire la morale.

— Ce n'est pas pour te faire la morale. Je te tends un miroir.

— Un miroir ? Non, c'est un dessous de verre sur lequel il n'y a que ta propre image que tu tends vers les autres, pour dire : *Soyez comme moi !* »

Mieux vaut te taire, Razmodin. Tu crois que je fais semblant de n'en avoir rien à foutre de ce que tu me dis. Heureusement que tu ne sais pas que je suis condamné au silence, sinon tu continuerais. Tu aurais vidé ton cœur gros de mes injures de l'autre fois, sans m'entendre dire que je ne veux pas de ta charité, que je n'aime pas les marchés aux puces de tes humanitaires, que je déteste ces généreux qui attendent qu'on parle de leur générosité, que je déteste tous ces vautours qui tournent au-dessus de nos cadavres, ces mouches qui bourdonnent autour du trou du cul d'une vache morte. Oui, je déteste tout maintenant, moi-même, et toi-même, mon cousin, l'ami d'enfance ; toi qui me regardes droit dans les yeux, et qui attends quelques mots de ma part. Eh non, tu n'entendras plus rien de moi. Peut-être interprètes-tu mon silence comme de l'indifférence à ton égard. Ou bien comme de la résignation face à tes reproches.

Interprète-le comme tu veux. Qu'est-ce que cela peut changer dans le monde ? En moi ? Rien. Alors, laisse-moi tranquille !

Après ce long silence, Razmodin revient à la charge : « Maintenant, tu ne veux plus me parler ? C'est fini ? » Rassoul cesse de fouiller dans son linge. Il hausse les épaules pour signifier qu'il n'a plus rien à dire. Déçu, Razmodin se lève, « tu as surtout perdu la tête, Rassoul. Si tu n'as plus envie de me voir, de m'entendre, je pars… », il se dirige vers la sortie, « si j'ai payé le loyer, c'était pour sauver l'honneur de la famille. Et basta ! », et s'en va.

Rassoul reste interdit, visage crispé. Puis, brusquement, il se rue vers la fenêtre pour crier.

Je ne peux même plus crier mon désespoir, ma haine, ma rage…

Alors, crie l'espoir, la joie, la sérénité. Peut-être cela t'aidera-t-il à retrouver ta voix.

Où faut-il les chercher ?

Là où tu les as perdus.

Devant un petit miroir accroché au mur, il se contemple avec haine et colère. Il se caresse la barbe. Puis, avec les dernières gouttes d'eau de la cruche, il se mouille les joues, prend son rasoir ; la lame est usée. Il insiste et force. La lame lui écorche la peau. Le sang coule. Sans y prêter attention, il se rase avec rage, passant et repassant la lame sur le menton, sous le menton… Une mouche vient rôder au-dessus de ses blessures. Il la chasse. Elle revient, goûte le sang. D'un geste brusque, Rassoul l'éloigne encore, mais le rasoir glisse sur sa joue. Une autre blessure ; il s'en fiche. Il continue à se raser, de plus en plus nerveux, comme s'il voulait s'arracher la peau.

Un bruit de pas dans l'escalier ralentit ses gestes. On frappe à la porte. Après un instant de silence et d'immobilité, Rassoul ouvre, sans nettoyer son visage maculé de sang. Une femme sous un *tchadari* bleu ciel est là. En voyant Rassoul, elle pousse un cri sourd, et recule. Elle se dévoile. Souphia. Ses yeux innocents s'arrondissent, effrayés. « Rassoul, qu'est-ce qui t'est arrivé ? » Lui se passe la main sur le visage, ses lèvres remuent pour dire que c'est la lame usée… Des gestes qu'elle ne peut interpréter. « Qu'est-ce qu'il y a ? » Rien, fait Rassoul, avec désespoir. « Hier soir, on t'a attendu tard, pourquoi tu n'es pas venu ? Ma mère se fait beaucoup de souci. Elle n'a pas fermé l'œil de la nuit. » Dois-je lui faire comprendre que j'ai perdu la voix ? Oui, pourquoi pas. À part elle, qui peut être ta confidente ?

Il recule dans la chambre, pour permettre à Souphia d'entrer. Lui se met à chercher un stylo et du papier. Mais elle, après avoir jeté un regard sur les enfants de Yarmohamad qui les observent, préfère rester sur le seuil. « Je ne veux pas te déranger. Je suis venue te chercher pour aller… » Elle ne finit pas sa phrase, perturbée par Rassoul qui, soucieux, fouille dans ses livres. Après un moment de silence et d'hésitation, elle décide de rabaisser le *tchadari* sur son visage et de repartir, laissant Rassoul à la recherche de quoi écrire ses mots aphones, et dans ce rêve où il la traque dans les rues de Saint-Pétersbourg. Et si cette femme au *tchadari* bleu ciel, c'était vraiment elle ? Question stupide qui l'oblige à réagir. Il se précipite dans la cour. Souphia est déjà dans la rue. Après s'être lavé le visage à l'eau du robinet, il regagne sa chambre, se change, sort et s'élance sur les traces de Souphia.

En effet, quelle pensée absurde ! Si c'était Souphia, tu aurais reconnu sa voix.

Sa voix ?

Il s'arrête.

Ne dis pas que tu ne la reconnais pas !

Bien sûr que je la reconnais, mais je suis incapable de me rappeler le timbre de sa voix quand elle crie. En fait, je ne l'ai jamais entendue crier, hausser le ton. Et sa démarche ? Sa façon de courir ?

Souphia se déplace comme un poisson. Ses épaules, telles des nageoires, se meuvent en avant et en arrière. Oui, mais jadis, elle avait cette manière particulière de bouger lorsqu'elle ne portait pas le *tchadari*. Sous la chape de leur *tchadari* toutes les femmes marchent de la même façon, non ?

Si.

Le doute et l'incertitude accélèrent encore plus les pas claudicants de Rassoul qui le mènent vers la maison de Souphia. Étrangement surexcité, il est incapable de se convaincre qu'une fille si timide et innocente ne peut pas s'embarquer dans une aventure aussi périlleuse.

C'est elle qui l'a fait, a-t-il envie de crier à pleins poumons. C'est elle ! Elle l'a fait non seulement par amour pour moi et sa famille, mais aussi par haine pour *nana* Alia. Oui, elle l'a fait !

Alors qu'il court parmi les passants engloutis dans la fumée noire qui s'abat sur la ville, une main lui empoigne l'épaule, l'arrête dans son élan. « Rassoulovski ? », c'est la voix rieuse de Jano, derrière lui. Apercevant les blessures sur le visage de Rassoul, il lui demande : « C'est nous qui te l'avons fait ? » Non, c'est la lame, fait-il en mimant le geste de se raser. La lame du destin, dirait-il s'il avait encore sa voix. « Quel veinard ! Tu sais au moins que tu as un destin », lui aurait sans doute répliqué Jano. Un destin ? Rassoul préfère n'en avoir pas du tout.

« Et la voix ? »

Toujours rien.

Après quelques pas en silence, Jano demande : « Alors tu veux te joindre au commandant Parwaiz ? Tu auras une belle kalachnikov !... Tu sais tirer ? » Non. « En une journée, tu apprendras tout. D'ailleurs... », il s'approche de Rassoul, « la balle trouvera elle-même sa cible », lui chuchote-t-il en riant. Un rire bref et complaisant, suivi d'un clin d'œil à sa kalachnikov qu'il garde dissimulée sous son *patou*.

De nouveau, quelques pas, sans un mot. Ils réfléchissent — Rassoul à la lame lente de son destin, Jano aux cibles de ses balles perdues —, jusqu'à ce qu'ils arrivent devant une *tchaykhâna* où le jeune soldat invite Rassoul à prendre du thé avec lui. Pourquoi pas ? Il a envie de boire et de manger, mais surtout de connaître la bande de Parwaiz, de savoir s'ils ont ou non découvert le cadavre de *nana* Alia. Bref, il y a mille et une raisons de l'accompagner et de percer le mystère plutôt que de retrouver Souphia.

À l'intérieur, ils s'assoient directement au

pied d'une fenêtre, à côté de trois hommes armés qui, dès leur arrivée, arrêtent leurs conciliabules pour les dévisager.

Jano commande du thé et du pain. De but en blanc, il demande à Rassoul : « Ton propriétaire… tu le connais bien ? » Oui, fait-il d'un air désolé. « Hier soir, lorsque nous sommes entrés dans la maison pour patrouiller, il s'est précipité pour nous dire qu'il y avait un ancien communiste, bizarre, qui ne payait plus son loyer… » Le silence persistant de Rassoul l'empêche de continuer. Il jette un regard gêné vers ses voisins qui les scrutent toujours. Agaçant. Après une gorgée sifflante de thé, il reprend : « Toi, tu as une lame qui t'égratigne le visage. La nôtre, plus tranchante, elle blesse notre âme ! » Il enfouit dans sa bouche un morceau de pain. « Je n'avais que douze ans lorsque la guerre a éclaté. Mon père a mis un fusil sur mon épaule et m'a envoyé faire le djihad contre l'Armée rouge. Tout ce que j'ai vu… Si tu étais à ma place, tu ne pourrais supporter un seul mot russe, mon gars. Ils ont brûlé notre village. Et j'ai trouvé les corps de ma famille, entièrement calcinés ! Le commandant Parwaiz m'a adopté. Il m'a donné la force et le courage de me battre pour venger ma famille. À cette époque, alors que nous pleurions nos morts, la destruction de nos villages, le déshonneur de nos sœurs… toi, tu t'amusais dans les bras des filles blondes, blanches, douces et vives comme des poissons… non ? » De nouveau une gorgée de thé, brûlante. « Tu ne pensais pas qu'un jour des affamés comme nous, des va-nu-pieds, nous prendrions le pouvoir... » Rassoul déglutit avec peine le pain et les mots de Jano. Le thé aussi lui brûle la langue et la gorge. Il voudrait répliquer que sa vie n'a pas été aussi paisible que Jano le pense. En racontant son conflit avec son père communiste, il pourrait se rendre sympathique aux yeux de Jano.

Ce n'est pas sûr. Jano lui ferait les mêmes reproches qu'un autre moudjahid à qui il en avait parlé, il y a quelque temps, et l'autre lui avait assené : « Ça aussi, c'est ton éducation russe.

— C'est-à-dire ?

— Ne pas respecter son père, c'est une éducation russe !

— Mais je ne voulais pas suivre l'idéologie de mon père. J'étais hostile à l'invasion de mon pays par les Russes.

— Si tu étais un bon fils, tu le respecterais, tu suivrais son chemin, ses croyances !

— Mais qu'est-ce que tu racontes ? Comment peut-on suivre un père qui est un criminel de guerre ?

— Il ne faut jamais trahir son père, oui, même s'il est un criminel.

— Même s'il est un *kafir* ? »

Un silence.

Jano sirote son thé, poitrine gonflée. Rassoul le regarde, retient sa rage entre ses mains avec cette envie de l'écraser contre ce buste gavé de fierté insolente et pourrie, de démolir cette cage emplie de vaine puissance…

Mais pourquoi, Rassoul ? Qu'est-ce que tu sais de lui ? Il n'a rien dit. Laisse ce bougre tranquille. Il est heureux. Il est fier. Il ne souffre pas comme toi. Dieu merci, reste coi !

Bois ton thé, mange ton pain, et va-t'en !

Lorsqu'il se lève, l'un des trois hommes armés interpelle Jano je m'excuse, frère, tu n'es pas Jano ?

— Si. »

L'homme s'approche de lui, souriant : « Tu ne me reconnais pas ? Momène, de la troupe du commandant Nawroz ? »

Jano lâche sa tasse de thé, sursaute : « Mais si ! Comment t'oublier ? Tu as un peu changé. Tu as grossi, toi ! Ça fait cinq ou six ans… Peut-être plus ?

— Six ans. »

Et ils se lèvent, se jettent dans les bras l'un de l'autre, s'embrassent avec chaleur, et se rassoient en cercle. Une occasion inespérée pour Rassoul de s'échapper. Debout, il tend la main à Jano pour le saluer. Mais l'autre insiste. Il l'invite à prendre encore un thé avec ses compagnons d'antan. « Assieds-toi ! » Il se tourne vers eux, « Ce frère, on l'a tabassé hier soir lors d'une patrouille, et aujourd'hui on prend un thé ensemble ! Si ce n'est pas la volonté de faire la paix, c'est quoi alors ? », il ricane, en tirant Rassoul pour qu'il s'assoie.

Et Rassoul obtempère.

On recommande du thé. Et on fume. Momène s'adresse à ses amis pour leur raconter : « Notre inoubliable opération ! Il y a six ans.

— Oui, il y a six ans », confirme Jano avec un air nostalgique. Il s'adresse à Rassoul : « C'était l'été. Un soir d'été. On allait attaquer un poste soviétique. On nous a prévenus que le commandant Nawroz entendait diriger cette opération. Rien n'allait entre le commandant Nawroz et notre commandant Parwaiz, pourtant on a décidé quand même d'attaquer ensemble les Russes. À nous les prisonniers, à eux les armes... » Le rire de Momène l'empêche de poursuivre. Une lampée de thé, et la suite : « Bref, à la nuit tombée, nous avons attaqué ! » C'est son propre rire qui l'arrête, cette fois-ci. Et c'est Momène qui continue : « Dans notre troupe il y avait un moudjahid nommé Shirdel. Courageux, un bon musulman, mais avec un petit faible pour les garçons ! Ce qui lui avait valu un surnom : *kirdel.* » Cœur de bite, cela arrache un fou rire général. « Alors que notre troupe attaquait le dépôt d'armes, avec beaucoup de prudence et de silence, notre *brâdar* Shirdel est tombé sur un jeune soldat russe qui était en train de chier !... » Leur rire, fort, fait taire tous les clients de la maison de thé. Ils écoutent, eux aussi. Jano rit aux larmes ; Momène poursuit : « Imaginez notre Shirdel dans une pareille situation ! Son cœur s'est mis à battre avec frénésie ; il ne savait pas quoi faire ; sa main tremblait de peur qu'un moudjahid tire sur cette créature de rêve avec une paire de fesses si blanches et si lisses ! Bref, il l'a capturé et, une fois l'opération terminée avec succès, il l'a conduit au commandant Nawroz qui lui a donné l'ordre de le rendre au commandant Parwaiz. À qui dis-tu ça ! Sur-le-champ, il s'est menotté au beau gosse. Puis, il a avalé la clef ! »

Ils se tordent tous de rire. Rassoul rit aussi, mais en son for intérieur. Et lorsque les fous rires se calment un peu, Jano continue : « Le commandant Parwaiz les a pris avec lui. Il s'est longuement entretenu avec Shirdel. Mais lui ne voulait rien entendre. Il n'était plus le même. Tout était fini pour lui, le djihad, la prière… Du matin au soir, ils se promenaient ensemble, main dans la main. Shirdel chantait pour lui, lui apprenait notre langue… Et un soir, ils ont disparu. » S'adressant à Momène : « Vous ne les avez plus revus depuis ?

— Non, jamais », répond-il en essuyant ses larmes. « Quelle époque !

— En effet, quelle époque ! Même si on ne s'entendait pas, face aux Russes on était ensemble.

— Eh oui !

— Regardez aujourd'hui, on se bat les uns contre les autres. Pourquoi ?

— Demande au commandant Nawroz !

— Et toi, demande à ton commandant Parwaiz ! »

Les rires cessent.
Une haine, sourde, envahit la *tchaykhâna*.

Rassoul se lève, fait un signe discret à Jano — qui le salue en levant la main —, et se sauve.
À peine arrivé au bout de la rue, deux coups de feu, tirés pas très loin, le font sursauter.
Dans la *tchaykhâna* ?
Peut-être.
Il s'arrête, se retourne.

Qu'ils s'entre-tuent !

Il reprend son chemin vers Souphia.

Il frappe à la porte et patiente. La voix craintive de la mère de Souphia s'élève : « Qui est là ? » N'entendant aucune réponse, elle répète. « C'est Rassoul ! » crie Daoud, le frère de Souphia, qui est penché sur le toit de la maison.

La mère ouvre la porte, tombe sur le visage éraflé de Rassoul, et tressaille : « Qu'est-ce qui t'est arrivé ? » Rien, en me rasant, je me suis coupé, c'est tout, aimerait-il répondre, sans faire de la philosophie sur la lame du destin. Il mime le geste et franchit la porte, sous les plaintes de la mère : « Tu devais venir hier soir. Je n'ai pas pu fermer l'œil de la nuit. » Il hoche la tête comme pour dire qu'il sait. Tant pis s'il n'arrive pas à s'excuser.

La mère jette un regard dans la ruelle vide à la recherche de quelqu'un ; et, étonnée de voir Rassoul tout seul, elle demande : « Où est Souphia ? » Elle n'est pas rentrée ? l'interroge-t-il d'un regard fort expressif. « Elle n'est pas avec toi ? » Non. Le mouvement de tête de Rassoul l'inquiète. Elle explore à nouveau la ruelle, puis se retourne vers lui, laissant la porte ouverte dans l'espoir de voir apparaître sa fille. « Elle voulait aller avec toi chez *nana* Alia pour faire ses comptes… » Chez *nana* Alia ! Il s'appuie contre le mur pour ne pas chanceler. « Elle m'a dit que tu lui avais demandé d'en finir avec elle. Il y a deux jours, sa fille, Nazigol, est venue ici pour m'informer que si Souphia ne voulait plus travailler chez elle, il fallait d'abord régler les loyers en retard. Hier, on t'a attendu toute la journée pour en discuter avec toi. Comme tu n'es pas venu, elle y est allée, mais… » Elle y est allée hier aussi ? « … *nana* Alia n'était pas là. » Elle n'était pas là ? Et son cadavre alors ? « Souphia voulait y retourner aujourd'hui. Je lui ai demandé d'y aller avec toi. » Avec moi ? « Tu n'étais pas chez toi ? »

Si. Mais pourquoi elle ne m'a rien dit ? Vu ton état, Rassoul, personne n'ose plus te demander quoi que ce soit. Avec ton silence, incompréhensible pour les autres, tu donnes l'impression que tout le monde t'accable… « Rassoul, je suis très inquiète pour Souphia. Prends soin d'elle. Ne nous laisse pas comme ça, seules et sans nouvelles de toi. Ces temps-ci les jeunes filles disparaissent. Les commandants de guerre font des rafles pour en faire leurs épouses. » Un sanglot lui brise la voix. Mais Rassoul n'y prête plus attention. Ses jambes vacillent. Le sol lui semble s'effondrer, manquer sous ses pieds. Il s'adosse au mur et se laisse tomber jusqu'au sol. La mère continue : « Bien pire que les commandants, c'est cette satanée *nana* Alia. J'ai peur qu'elle lui fasse mal. » Elle s'assied face à Rassoul. « Mon défunt mari nous a confiées à toi, et, en dehors de toi, nous n'avons plus personne. Et toi… »

Et lui, emmuré dans le silence, étreint par le mystère qui plane sur l'assassinat de la satanée *nana* Alia, éperdu dans son soupçon sur la femme au *tchadari* bleu ciel qui, dans ses fantasmes, ne peut être que Souphia. Qu'il la retrouve !

Il se lève. Et part.

Sur le chemin,
il ne croise aucun regard,
il n'entend aucune voix,
il ne sent aucune odeur,
il n'éprouve aucune douleur.

Il court.

Il court comme si sa cheville n'était plus douloureuse.

Son pied, lui, ne l'a pas oublié. Il se tord, l'arrête dans son élan. Il l'arrête non loin de la maison de *nana* Alia, au coin de la rue, où Rassoul retrouve le chien noir, toujours le même, toujours alangui au pied du mur. Pourvu que cette fois-ci, ce chien fainéant retrouve un peu de force, qu'il se redresse, qu'il se rue sur lui, qu'il le chasse d'ici. Rassoul ne peut pas entrer dans cette maison comme si rien ne s'y était passé.

Il ne s'est rien passé. Regardons, écoutons ! Ce silence, cette torpeur ne donnent aucun signe de deuil.

Alors, il se peut que mon coup de hache n'ait pas été mortel. Elle s'en est sortie vivante. Et maintenant elle doit être à l'hôpital. Elle tarde à retrouver ses esprits, sinon je serais déjà derrière les barreaux.

Son corps sue, il sue la peur. Il faut partir d'ici, retourner à la maison de Souphia et l'attendre. Mais ses jambes sont lourdes, engluées dans le sol, comme si elles voulaient qu'il reste là pour en finir avec cette histoire.

Oui, il faut en finir.

Un jour ou l'autre, *nana* Alia dira tout.

Un jour ou l'autre, tu paieras ton geste.

Alors pourquoi pas aujourd'hui, ici et maintenant, sur le lieu du crime ?

Il s'avance donc jusqu'à la porte entrouverte, la pousse doucement, puis inspecte la cour. La maison est plongée dans le calme et le silence. Seules quelques poules picorent ou caquètent. Il pénètre dans l'enceinte de la maison. Se dirige vers l'escalier de la terrasse. L'air est pesant. Le silence est dense. Ses pas, incertains… Il s'arrête, regarde à travers les fenêtres. Pas âme qui vive derrière les rideaux. Peur et curiosité lui font battre les tempes. La sueur perle à son front. Il s'aide du mur pour gravir les marches. Arrivé sur la terrasse, il sursaute, une silhouette apparaît, enfin, dans l'obscurité du couloir. « Rassoul ?…

C'est toi ? » s'élève la voix de Souphia. Paniqué, Rassoul tente de parler, oubliant son aphonie ; ses lèvres bougent en vain pour expliquer qu'il est venu la chercher, que sa mère se fait beaucoup de souci… Cela fait rire Souphia. « Qu'est-ce qu'il y a ? Je n'ai rien entendu », dit-elle en s'approchant de lui. Rassoul reste interdit en distinguant derrière Souphia une autre silhouette qui sort du couloir. C'est Nazigol.

« *Nana* Alia a disparu depuis hier. Personne ne sait où elle est… » s'exclame Souphia.

Regard fixé sur Nazigol, Rassoul ne sait que faire, que penser, que dire. *Nana* Alia n'est plus là. Voilà la seule certitude. Comment doit-il prendre cette nouvelle ? S'en réjouir ? Ou s'en méfier ?

Nazigol s'avance d'un pas : « Hier soir, quand je suis rentrée, il n'y avait personne. Ma mère ne sort jamais sans laisser quelqu'un à la maison, notamment le soir. »

De plus en plus abasourdi, de plus en plus secret, Rassoul dévisage les deux filles.

Nazigol se tourne vers Souphia : « Lorsque j'ai trouvé la maison vide, j'ai eu peur de rester seule. J'ai fermé toutes les portes et je suis partie… » Sa voix s'amenuise. Tous les sons s'estompent. Rassoul n'entend plus rien, ne voit plus rien. Tout n'est plus qu'un trou, un trou noir, le couloir, silencieux, morbide, un gouffre profond, sans fin, sans issue.

Hébété, il se dirige vers l'intérieur, d'où surgit le corps gras de *nana* Alia qui descend l'escalier au fond du couloir. Il dit bonjour. Elle lui demande ce qu'il veut. La fumée de sa cigarette, sous le rai de soleil, lui voile le visage. Rassoul s'avance dans le couloir et lui tend une montre qu'il lui a promise l'autre jour. Elle dit qu'elle n'a plus d'argent pour la prendre en gage. Il supplie, il la lui laisse un jour ou deux, c'est une montre avec des pierres précieuses. Il l'avait achetée à Leningrad. Il veut seulement deux mille afghanis. *Nana* Alia recule, méfiante. Elle ne comprend pas pourquoi, avec cette chaleur, Rassoul porte un *patou*. Elle lui pose la question. Il dit qu'il est malade, qu'il a la fièvre. Elle prend la montre et l'observe. Les aiguilles indiquent 6 h 09. Cette montre ne marche pas bien.

Normalement, elle fonctionne bien, c'est seulement la pile qui est morte. Si Rassoul avait de l'argent, il l'aurait remplacée.

N'importe quoi ! C'est une vieille montre mécanique. Elle ne fonctionne pas avec des piles ! Elle veut la lui rendre. Rassoul ne la reprend pas. Il la supplie encore, seulement deux mille afghanis. Cette montre a douze pierres précieuses. Qu'elle regarde, c'est écrit derrière.

Non, elle n'en veut pas. Rassoul insiste. La montre est russe, de très bonne marque. Au diable, qu'elle lui donne ce qu'elle veut ! Mais la vieille est de plus en plus méfiante devant Rassoul pris de tremblements. Il lui prend la main et la met sur son front pour qu'elle constate à quel point il est fiévreux, épuisé. Cela fait deux jours qu'il n'a rien mangé. Elle retire sa main, hésite, puis accepte de prendre la montre, mais à une condition : qu'il laisse sa fiancée revenir travailler chez elle ; sinon, demain, elle récupérera son argent, et en plus elle mettra tout le monde dehors, sa fiancée et sa famille. Rassoul est d'accord. Dès qu'il sortira d'ici, il ira voir Souphia pour lui demander de reprendre son travail.

La vieille est sur le point de partir, mais elle se tourne à nouveau vers Rassoul pour l'avertir d'une chose : à partir de maintenant, c'est elle, et elle seule, qui indiquera à Souphia l'heure à laquelle elle est autorisée à partir. Il acquiesce de la tête.

Puis elle lui ordonne de rester dans le couloir ; elle-même se dirige vers l'escalier. Lorsqu'elle atteint l'étage, Rassoul se met en marche, à pas de loup, anxieux et troublé. La hache qu'il dissimule sous son *patou* est de plus en plus lourde ; ses bras, flasques ; ses jambes, raides. Il peine à monter les marches de l'escalier, à atteindre le couloir de l'étage où il retrouve *nana* Alia devant une petite porte qu'elle ouvre. Après une courte hésitation, elle se glisse dans la pièce, et s'y enferme. Rassoul s'avance lourdement jusqu'à la porte. Il y colle son oreille et écoute les battants des placards s'ouvrir et se refermer. Il respire profondément. Puis, soudain, d'un coup de pied il défonce la porte et se rue vers *nana* Alia qui est en train de compter, devant la fenêtre, une liasse de billets. À peine Rassoul a-t-il levé la hache pour l'abattre sur la tête de la vieille dame que l'histoire de *Crime et châtiment* lui traverse l'esprit. Elle le foudroie. Ses bras tressaillent ; ses jambes vacillent. Et la hache lui échappe des mains, fend le crâne de la femme, et s'y enfonce. Sans un cri, la vieille s'écroule sur le tapis rouge et noir. Son voile aux motifs de fleurs de pommier flotte dans l'air avant de choir sur son corps replet et flasque. Elle est secouée de spasmes. Encore un souffle ; peut-être deux. Ses yeux écarquillés fixent Rassoul, debout au milieu de la pièce, l'haleine suspendue, plus livide qu'un cadavre. Il tremble, son *patou* tombe de ses épaules saillantes. Son regard effrayé s'absorbe dans le flot de sang, ce sang qui coule du crâne de la vieille, se confond avec le rouge du tapis, recouvrant ainsi ses tracés noirs, puis ruisselle lentement vers la main charnue de la femme qui tient ferme une liasse de billets. L'argent sera taché de sang.

Bouge, Rassoul, bouge !

« Rassoul ? »

Il retrouve ses esprits, se retourne, paniqué, vers la voix. Souphia et Nazigol, sur le pas de la porte, le regardent avec étonnement. « Qu'est-ce qui t'arrive, Rassoul ? » demande Souphia en s'approchant de lui. Lui, désemparé, erre dans la pièce, jetant des coups d'œil inquiets dans chaque coin et recoin. Aucune trace de son forfait.

« Tu étais déjà venu dans cette chambre ? » lui demande Nazigol, intriguée, « ma mère fermait toujours cette pièce à clef. À part elle et moi, personne n'était autorisé à y mettre un pied. » Elle se tourne vers Souphia : « Quand as-tu fait le ménage ici pour la dernière fois ?

— Moi, jamais. Elle faisait toujours elle-même le ménage dans cette pièce. »

Rassoul remarque la fenêtre par laquelle il s'était échappé, elle est fermée. Plus troublé encore, il se sent défaillir. De l'eau ! Il se tourne vers Souphia, mimant le geste de boire. « Oui, attends ! » dit-elle, puis, en courant vers la porte, elle s'adresse à mi-mot à Nazigol : « Ces jours-ci, il est malade », et sort.

Le regard de Rassoul est posé sur la fille de *nana* Alia en train de fouiller les armoires. De plus en plus intriguée, elle se demande à haute voix : « Elle est sortie avec tous ses bijoux ? » Elle quitte la pièce, gagne la chambre voisine. Souphia surgit avec un verre d'eau et le donne à Rassoul. Il boit. Il boit lentement, non pas pour se rafraîchir la gorge, mais pour se donner le temps de réfléchir, avant que Nazigol revienne.

Comment justifier, expliquer ma venue dans cette chambre ?

Si tu pouvais, tu dirais qu'il y a bien longtemps, quand le père de Nazigol était en vie — c'était sa chambre, sans doute —, tu étais venu lui apporter des documents des Archives nationales qui appartenaient au père de Souphia, etc.

Ah, maudite voix, reviens !

« Elle n'a quand même pas emporté avec elle tout son argent ? » s'interroge Nazigol, en jetant un regard suspicieux sur Rassoul et Souphia. Après un moment de silence pesant, Rassoul se précipite dans le couloir, suivi par Souphia : « Qu'est-ce qu'il y a, Rassoul ? » Rien... Rien ! Tout en agitant ses mains, il dévale l'escalier. « Qu'est-ce qui t'arrive ? Tu vas bien ? Tu as l'air très bizarre », insiste Souphia. Il s'arrête net, réfléchit au moyen de lui faire comprendre qu'il n'a plus de voix pour lui dire ce qu'il a. Mais Nazigol les suit, elle est là, derrière Souphia, et les interroge : « Qu'est-ce que je dois faire ? Où aller ? J'ignore si ma mère revient ce soir ou pas.

— Venez, on va chez moi.

— Pas question, si ma mère rentre et découvre la maison vide, elle me maudira. Mais où est-elle allée se foutre ? Je dois me rendre chez mon oncle, lui demander s'il sait quelque chose… » Son regard pivote du côté de Rassoul. « Vous pouvez rester ici jusqu'à mon retour ?

— D'accord. Vas-y… » répond Souphia, ce qui met Rassoul en panique. Pas question qu'il reste ici, non ! Son regard exprime son refus, sa main le souligne. Mais Nazigol supplie, et Souphia décide : « Vas-y, vas-y ! », puis demande à Rassoul : « Laisse-la partir, ce n'est pas gentil. »

En effet, Rassoul, pourquoi résistes-tu ? Laisse-la partir. Tu auras ainsi tout le temps de fouiller la maison, de dénicher un indice qui te permettra de percer le mystère.

C'est elle, Nazigol, le mystère. Elle n'est pas innocente dans cette affaire. J'en suis sûr.

Qu'elle parte, alors !

Nazigol s'en va.

Sous le regard soupirant de Souphia, Rassoul a l'esprit ailleurs. Il attend que le bruit des pas de Nazigol s'éloigne, qu'elle disparaisse dans la rue. Il court alors vers l'escalier au fond du couloir. « Où vas-tu ? » crie Souphia, poursuivant Rassoul qui retourne dans la chambre. « Mais qu'est-ce que tu fais ? » Rassoul explore la pièce. « Ne fouille rien dans leur maison. Ce n'est pas bien. Si elles arrivent… » Il lui fait signe de descendre. De plus en plus inquiète, elle reste devant la porte : « Non, Rassoul, tu n'as pas le droit de faire ça. Dis-moi ce que tu cherches ! »

Rassoul, il faut lui répondre. Tu ne peux pas t'en tirer si facilement. Elle doit tout savoir.

Mais comment ? Ce n'est pas le moment.

Elle te trouve de plus en plus bizarre, mystérieux…

Tant mieux !

Et si c'était vraiment elle, la femme au *tchadari* bleu ciel ?

Il s'arrête de battre la chambre, fixe Souphia d'un regard suspicieux, persistant, presque agaçant.

« Qu'est-ce qu'il y a ? Pourquoi tu me regardes comme ça ? Pourquoi tu ne veux rien me dire ? »

Le silence. Le regard. Les soupçons…

Exaspérée, elle quitte la chambre. Lui se remet à fouiller partout, à l'intérieur des armoires, sous la table, dans les tiroirs, sous le canapé… Aucune trace de tout ce qu'il a laissé hier : ni coffret à bijoux, ni argent, ni hache, ni *patou*. Rien. Il s'assied sur le tapis et passe la main à l'endroit où reposait le cadavre. Tout est sec, propre. Est-ce le même tapis ? Qui a pu manigancer un tel nettoyage, si rapide et si efficace ? Tout cela est l'œuvre d'un grand maître, et non de deux gamines comme Nazigol et Souphia !

Dérouté, il se lève et s'apprête à quitter la

pièce quand son regard tombe, au-dessus de l'armoire, sur une boîte. Il fouille dedans, il n'y a que six paquets de cigarettes Marlboro. Il en prend un, remet la boîte à sa place. Et les cinq autres paquets, pour qui il les laisse ? Il prend tout.

En passant devant la porte entrouverte de la cuisine, il aperçoit une assiette pleine de nourriture sur la table. Il entre, affamé qu'il est, prend dans ses doigts une bonne bouchée de riz gluant qu'il engouffre avidement. Ce n'est pas bon. Il recrache tout dans l'assiette. Puis, il inspecte tous les recoins de la pièce. Il ne trouve toujours rien qui lui permette d'ouvrir une brèche vers le mystère. Il s'empare d'allumettes qui sont sur la table et sort. Allume une cigarette, et en tire une longue bouffée. Dehors, il retrouve Souphia, assise sur une marche de la terrasse, le regard rivé à la porte d'entrée. Toujours inquiète et furieuse, elle demande : « Qu'est-ce qui se passe ? Pourquoi tu ne dis rien ? » Rassoul, moulinant l'air avec ses mains, tente d'exprimer sa lassitude de cette question. « Tu as perdu ta langue ? » Oui, fait-il de la tête, tout en sachant que Souphia ne le prend pas à la lettre. « Qu'est-ce que tu cherchais là-haut ? » Il expire la fumée de cigarette vers elle. « Des cigarettes ? » Son regard s'attarde sur elle. Préoccupé, il vient s'asseoir à ses côtés. Mille et une questions lui traversent l'esprit. Hier, à quelle heure est-elle venue ici ? A-t-elle vu quelqu'un ? Forcément, ce n'était pas avant le meurtre ; autrement, *nana* Alia lui aurait dit que Souphia était venue.

Non, ce n'est pas elle la femme au *tchadari* bleu. Sinon, elle n'aurait pas accepté de rester dans la maison.

Et si elle est restée ce n'est ni pour garder la maison ni pour t'aider. Elle a voulu être seule avec toi. Vous n'avez jamais eu une telle occasion, un tête-à-tête amoureux ! Elle a mille et une choses à te dire. Mille et une envies de t'entendre…

Le regard aimant de Souphia embrasse les lèvres de Rassoul. Les volutes de la fumée les voilent. « Tu disais que tu ne voulais plus fumer. » Il tire encore plus fort sur sa cigarette et exhale à nouveau la fumée dans ses cheveux. Ils rient.

Le rire de Souphia, quel bonheur ! Il aime ce rire cristallin, innocent, et si fragile qu'il se brise subitement sous un soupçon de regard, devant un petit geste ; mais qui continue à illuminer ses yeux.

Au loin, le bruit des balles et des roquettes ne perturbe pas le silence paisible qui s'est installé entre eux.

Souphia pose timidement sa main sur le genou de Rassoul dans l'espoir qu'il la prenne entre les siennes, qu'il la caresse, qu'ils se délectent de cette pause amoureuse. Mais ses mains restent immobiles. Elles tremblent, se perlent de transpiration.

« Tu as décidé de ne plus parler ? » demande désespérément Souphia, les yeux fixés sur les lèvres scellées de Rassoul.

Après une brève hésitation, il se lève brusquement, va chercher un papier et un stylo dans la maison pour tout lui écrire, mais le bruit de la porte l'arrête. Quelqu'un la pousse. Elle est déjà de retour, Nazigol ? Rassoul balance sa cigarette et se précipite dans le couloir pour se cacher dans la pénombre. Souphia va vers la porte. « Qui est là ?

— *Nana* Alia ? » demande une voix grave, celle d'un homme. Souphia, paniquée, répond : « Non, elle n'est pas là.

— À quelle heure rentre-t-elle ?

— Je ne sais pas.

— Qui es-tu ? Nazi ?

— Non, Nazigol n'est pas là non plus. Je suis leur bonne.

— Ah, non ! C'est Souphia ?

— Non…

— Si ! Sois gentille, ouvre ! C'est moi, le commandant Amer Salam. » Il appuie avec force sur la porte que Souphia peine à maintenir fermée avec ses mains tremblantes et fragiles, en criant : « Non… Non, je ne suis pas Souphia… On m'a dit de n'ouvrir à personne.

— Je suis *personne* ? ! Vas-y, ouvre ! » Il tente à nouveau de pousser. Peine perdue. Souphia met rapidement la chaîne de la serrure. Amer Salam la secoue encore plus fort.

Sorti de la pénombre, Rassoul se rue vers la

porte qu'il ouvre avec rage. Amer Salam, étonné de le voir, demande d'une voix forte : « *Nana* Alia n'est pas là ? » Non, fait Rassoul, furieux. Jetant un regard par-dessus son épaule pour chercher Souphia, le commandant dit : « Alors transmets-lui qu'Amer Salam viendra ce soir avec ses invités. Qu'il a sept convives, sept ! », et s'en va.

Souphia, cachée derrière la porte, à bout de force, s'affaisse sur le sol. Rassoul referme la porte et, désemparé, regarde, à travers les planches disjointes, Amer Salam qui se traîne jusqu'à sa voiture garée plus loin. Puis il s'écarte de la porte, allume nerveusement une cigarette et va s'asseoir sur une marche de la terrasse. Souphia se lève et le rejoint. Il la regarde dans les yeux avec persistance comme pour lui demander : c'est qui, Amer Salam ?

Voyons, Rassoul, tu aimes poser des questions dont tu connais la réponse. C'est forcément un des clients de *nana* Alia qui vient souvent pour voir les jeunes filles danser. Laisse Souphia tranquille.

Elle enfouit sa tête entre ses genoux, et pleure en silence. Rassoul, perplexe, ne sait pas s'il faut la consoler ou la chasser.

Pourquoi la chasser ? Elle mérite d'être consolée, aimée, vénérée.

Hésitant, il met la main avec tendresse sur son épaule. Cela l'apaise, comme si elle n'attendait que cet instant de grâce. Elle se blottit dans ses bras et éclate en sanglots. Rassoul lui caresse le dos. Aurait-il sa voix, elle l'entendrait dire : « C'est fini, Souphia. Cette sale pute est partie. Je l'ai tuée. Calme-toi ! »

Elle pleure, toujours. Elle ne veut pas cesser. Elle ne cesse pas. Elle ne cessera jamais tant que Rassoul la caresse. Que s'éternisent cet instant, ces larmes, et cette caresse !

Malheureusement, tout s'estompe. Rassoul est perturbé, non pas tant par Souphia que par une étrange sensation qu'il éprouve dans cette maison. Il a l'impression que depuis le couloir quelqu'un les observe. Il se lève et jette un regard furtif et ombrageux derrière lui. Puis il fait signe à Souphia de partir d'ici au plus vite. « Quand Nazigol sera là. » Non, cette maison est maudite ! Il court vers la porte. « Si elles arrivent et que nous ne sommes pas là, *nana* Alia nous chassera de notre maison. »

Au diable *nana* Alia ! Je l'ai tuée.

Il jette sa cigarette dans la cour, ouvre la porte et gagne la ruelle. Souphia, affolée, s'élance à sa suite. « Rassoul ! Tu sais quelque chose sur la disparition de *nana* Alia ? » Souphia, ne cherche pas à savoir ce qu'il a fait d'elle ! Tu vas le perdre. « Mais qu'est-ce qu'il y a ? J'ai le droit de savoir. » Il s'arrête, la regarde dans les yeux, accablé, accablant. Comment lui dire qu'elle l'apprendra assez tôt, qu'il le lui dira lui-même. « Zut, mon *tchadari* !… Attends, je retourne le chercher. » Elle y va. Rassoul poursuit son chemin. Après quelques pas, il s'arrête. La douleur à la cheville. Il se masse le pied.

Au loin, quelque part dans la ville, des fusillades. Son regard se tourne vers la montagne Asmaï, un groupe armé grimpe vers le sommet.

Lui descend vers la *sâqikhâna*, où…

Quelqu'un tousse, une toux grasse, traînante. Il crache. Entre les deux toux, une voix, celle d'un certain *kâka* Sarwar, retentit, une voix pleine, solennelle, qui récite : « … *ainsi Zû al-Qarnyan suivit une nouvelle route vers le nord. Arrivé près d'une cité située entre deux barrières, il trouva une peuplade parlant une langue insignifiante, qui ne comprenait aucun autre langage et qui souffrait de l'injustice de* Yâdjûdj *et* Mâdjûdj, *deux tribus iniques, appartenant à la lie du peuple, et qui commettaient des ravages sur terre.* » Il s'arrête pour aspirer une bouffée de haschisch. « *La peuplade demanda donc à Zû al-Qarnyan, en le voyant si fort, si influent, de construire pour elle une muraille qui la séparerait des hommes de Yâdjûdj et Mâdjûdj, et lui proposa en échange de lui verser un tribut considérable.* Yâdjûdj *et* Mâdjûdj *étaient en vérité deux tribus perverses et vicieuses, n'écoutant aucun conseil et ne craignant pas les calamités. Puisque Zû al-Qarnyan était porté naturellement à faire le bien et à aider les offensés, il accepta aussitôt de les soutenir, mais refusa formelle-*

ment de recevoir tout tribut en échange. Il leur dit : "Ce que mon Seigneur m'a conféré vaut mieux que vos dons ! Aidez-moi donc avec force et je construirai une muraille entre vous et eux." » *Kâka* Sarwar suspend de nouveau son récit pour boire une lampée de thé. « *Zû al-Qarnyan demanda donc à cette peuplade d'apporter des blocs de fer, du bois, du cuivre et du charbon. Il combla les deux extrémités des monts par les blocs de fer, puis mit tout autour les pièces de bois et le charbon. Aussitôt, il alluma le feu, puis versa le cuivre en fusion dès que le fer se transforma en fournaise. C'est ainsi que* Yâdjûdj *et* Mâdjûdj *ne purent escalader ce rempart ni le percer. Lorsque Zû al-Qarnyan eut accompli son travail, il s'écria : "C'est une miséricorde émanant de mon Seigneur. Mais lorsque la promesse de mon Seigneur viendra, Il réduira la muraille en poussière. Et la promesse de mon Seigneur est vérité !"*

— *Kâka* Sarwar, alors quand viendra cette promesse ?

— Mon Hakim, elle est déjà venue ! Il était dit qu'au jour de l'apocalypse les hordes de *Yâdjûdj* et *Mâdjûdj* parviendraient à faire une brèche dans la muraille, et qu'Allah leur permettrait de se répandre sur la terre. Elles domineraient le monde et extermineraient la race humaine ; puis elles condamneraient Allah à mort, en envoyant des flèches vers le ciel… Où est le shilom ? » On le lui apporte. Il fume et demande : « Vous connaissiez ce passage du Coran ?

— Non.

— Malheur à vous ! Et vous ne savez pas non plus où se trouve cette ville ?

— Non.

— Malheur à vous ! Cette cité, c'est ici, c'est Kaboul ! » Une dernière bouffée, et il se retire dans un coin. « *Kâka* Sarwar, tu ne vas pas nous laisser sur cette histoire terrible ! Récite-nous un poème qui nous ravisse ! » demande un petit bonhomme, assis à côté de Rassoul. *Kâka* Sarwar, les yeux fermés, chantonne : « *Ô Seigneur de Fatwa, nous sommes plus habiles que Toi / Bien qu'ivres, nous sommes plus sobres que Toi / Tu bois le sang des êtres, nous buvons celui des vignes / Sois juste, qui est le plus sanguinaire, nous ou Toi ?*

— Moi ! » dit une voix. Elle arrache à tous des rires caverneux. Puis le silence, la torpeur, le rêve… Le monde n'est plus qu'un volume sans matière, sans poids, transparent. Au milieu, Rassoul. Il nage. Tout nu. Innocent. Léger et fragile. Qu'il aime cet état de grâce. Un bel abîme, un poème de chanvre.

« Rassoul ! Rassoul ! » Quelqu'un le secoue. Il se redresse lentement, ouvre les yeux, légèrement ; et, dans la nue, il entend un adolescent qui lui parle : « Bonjour. Razmodin m'a envoyé. Il m'a demandé de te trouver et de t'emmener à l'hôtel Métropole. Je t'ai cherché partout… » Rassoul le regarde du fond de son abîme. « … Je suis allé chez toi, tu n'étais pas là. Je suis allé à la maison de feu Moharamollah… » Qu'il s'arrête ! Rassoul n'a pas la tête à écouter toutes les étapes de sa recherche. Le garçon, voyant Rassoul allumer une cigarette, « c'est des Marlboro ! » s'exclame-t-il dévoré d'envie. Rassoul lui en propose une. L'autre hésite d'abord, puis la prend et s'assied en face de Rassoul. « … ta fiancée m'a dit qu'elle t'avait perdu. Je suis retourné chez toi, ton voisin m'a envoyé ici… » D'accord, d'accord ! fait Rassoul pour signifier qu'il a tout compris. Qu'il se taise, maintenant, qu'il le laisse retrouver ses esprits.

Lorsqu'il revient à lui, il jette un coup d'œil aux quatre coins de la pièce et ne voit que des spectres inertes et silencieux. « Il a frôlé la mort, ton cousin ! » Frôlé la mort ! Pourquoi ? l'interroge du regard Rassoul, les sourcils froncés. « Une roquette est tombée derrière l'hôtel. Elle a fait pas mal de dégâts. » Et Razmodin, est-il indemne ?

Rassoul se lève subitement et quitte le fumoir, suivi du jeune garçon. Il court — toujours claudicant — jusqu'à ce qu'il arrive devant le bureau de Razmodin, situé au sous-sol de l'hôtel. La porte est entrouverte. Il voit son cousin en train de ramasser des papiers dispersés sur le sol.

Rien de grave, donc.

Je peux repartir.

Oui, pars ! Sinon, ça sera de nouveau les mêmes mots, les mêmes reproches, les mêmes colères que ce matin… Et même pire, parce qu'il va s'apercevoir que tu t'es remis à fumer du haschisch.

Il s'apprête à partir, mais Razmodin l'aperçoit. Interrompant sa collecte, il se précipite vers la porte. « Rassoul, où vas-tu ? » Rassoul s'immobilise. « Entre ! » Rassoul entre. « Assieds-toi ! » le somme Razmodin, lui désignant un canapé délabré. Il est nerveux, plus nerveux que ce matin. Quelque chose bouillonne en lui, le bouscule, le condamne au silence. Un long moment. Le temps de chercher ses mots — des mots capables de rendre supportable quelque chose de grave. Rassoul le pressent. Il connaît son cousin, il connaît son désarroi et ses maladresses dans les moments difficiles. Il le laisse chercher ses mots. « Rassoul, tu connais le commandant Rostam ? » Rassoul baisse les yeux, comme pour réfléchir, puis il fait « non » afin de ne pas se trahir. Bien sûr, il le connaît. C'est celui qui aspire à la main de Donia, sans doute, celui dont parle sa mère dans une de ses lettres, sans le nommer. « Il est venu de Mazar, à la demande de ta mère. Il est en haut, il t'attend au restaurant de l'hôtel », dit Razmodin en gagnant son bureau. Puis il revient pour souffler ce qui le torture : « Cousin, il y a une mauvaise nouvelle », et il attend, il attend que Rassoul se lève et crie : « Quelle mauvaise nouvelle ? » Eh non, il reste silencieux, inerte, regard fuyant. « Rassoul ? » Rassoul lève les yeux. « Ton père… » Il est mort ; ça, il le sait, mais il ne peut pas le dire. Et même s'il le pouvait, il ne dirait rien ; il hocherait la tête, comme il le fait là, à présent. C'est tout.

« Il est… mort ! » Razmodin crache enfin le mot, tout en bafouillant. Et Rassoul hoche à nouveau la tête pour lui faire comprendre qu'il le savait.

« Tu es au courant ? » Rassoul fait « oui », en remuant les lèvres et en baissant les yeux. « Tu le savais ? » répète Razmodin, abasourdi. « Comment tu l'as su ? Qui te l'a dit ? Quand ? »

Dois-je me mettre à écrire pour tout expliquer, et raconter qu'il y a un mois ma mère m'a mis au courant dans une lettre qu'elle m'a envoyée ici, à cet hôtel ? Rappelle-toi, Razmodin, c'est toi-même qui me l'as apportée. Ne joue pas au crétin !

Non, Razmodin n'est pas crétin du tout. Il a tout compris. S'il est étonné, c'est parce qu'il ne comprend pas pourquoi tu ne lui as rien dit. « C'était ton père, cousin ! » Hors de lui, il prend le bras de Rassoul : « Ils l'ont tué ! Ça, tu le savais ? » Aujourd'hui, peu de gens meurent de leur belle mort, Razmodin. Tu connais mon opinion sur ce sujet. Alors, s'il te plaît, épargne-moi tes étonnements stupides, ton faux air surpris… Gardons ce silence, si bien chargé de tes reproches et de mes désespoirs.

Razmodin le dévisage. Rassoul garde toujours les yeux rivés au sol, non par peur de se contredire, mais pour que son cousin ne s'aperçoive pas qu'il a fumé du haschisch.

Il a beau se cacher, Razmodin commence à s'en douter. C'est pourquoi il se penche, cherche dans les yeux sombres et fuyants de Rassoul le moindre signe, une petite lueur qui puisse le rassurer sur l'état de son cousin. Il n'arrive pas à croire que Rassoul puisse avoir une telle haine à l'égard de son père.

Non, ce n'est même pas de la haine, c'est un sentiment encore plus féroce : l'indifférence ! Et pis encore : ce n'est pas de l'indifférence vis-à-vis de l'existence, mais face à la mort de son père.

Non, Rassoul ne peut pas être si implacable, si inhumain. Il y a forcément une autre raison.

Le haschisch ! C'est ça. Regardez ses yeux ! si rouges, si égarés, éteints…

« Tu t'es remis à fumer ? »

Ça y est, c'est reparti !

Rassoul se lève. Il sort. La porte claque. Razmodin reste un instant tout seul, désarçonné. Puis, retrouvant ses esprits, il court vers le couloir. « Où vas-tu ? Le commandant Rostam te cherche. » Qu'est-ce que ça peut lui foutre ? Rassoul hausse les épaules. « Il est venu de Mazar-é Sharif. C'était un ami de ton père… Il dit qu'il va s'occuper de ta mère et de ta sœur. » Qu'il vienne un autre jour. Maintenant Rassoul est occupé. « Cousin, qu'est-ce qui t'arrive ? Tu ne dis rien ! Dis-moi ce qui se passe ! » Rien, Razmodin, rien ! « Tu es malade ? » Non, fait-il de la tête.

Si, Rassoul, tu es malade, malade de toi-même.

Razmodin le poursuit : « Tu as encore tout laissé tomber, pas de nourriture, pas de sommeil… » Il sort quelques billets et les glisse dans la poche de Rassoul. « Promets-moi que tu vas t'occuper de toi. Va voir un médecin. Mange quelque chose, repose-toi, recouvre tes forces. Je viendrai prendre de tes nouvelles… »

Pourquoi tant de mépris à l'égard de Razmodin, un cousin si bienveillant ?

Parce que je sais pourquoi il s'occupe de moi avec gentillesse. Ce n'est ni par compassion ni par amitié. C'est parce que lui aussi, il veut épouser ma sœur. La voilà, la raison !

Et alors ?

Contrarié, Rassoul quitte l'hôtel.

La rue, envahie par une épaisse fumée, reste suffocante. Après quelques pas, Rassoul s'arrête, songeur : « Qui est cet enculé de Rostam ? », grille une cigarette, puis regarde de l'autre côté de la rue où se trouve le ministère des Informations et de la Culture, où grouillent des hommes armés. Parmi eux, Jano. Voyant Rassoul, il le hèle : « Salut, Rassoulovski ! » Rassoul traverse la rue et le rejoint. « Ça y est, tu t'es décidé alors ? Suis-moi ! » Ils entrent dans le bâtiment, descendent l'escalier et avancent dans le couloir sombre et enfumé du sous-sol pour se retrouver face au commandant Parwaiz en train de discuter avec deux barbus autour d'une grande carte de Kaboul. Leurs voix se perdent dans le vacarme d'un générateur. Jano s'approche de Parwaiz pour lui annoncer la présence de Rassoul.

« Comment va le lecteur de Dostoïevski ? Bienvenue. Tu as rajeuni depuis hier soir ! » dit Parwaiz avec son sourire désarmant. Rassoul se caresse le visage pour montrer que c'est parce qu'il n'a plus de barbe. « La barbe t'a dégoûté ? » Rire. « Et la voix ? » Rassoul grimace. « *Watandâr*, pourquoi tu ne m'as pas dit, hier soir, que tu étais le cousin de Razmodin ? On s'est connus en prison. Alors ?… Tu viens nous rejoindre ? » Oui, fait-il, en lançant un regard gêné vers les deux autres. « Ils sont des nôtres », dit Parwaiz pour le rassurer. Après un bref silence, dû à ses hésitations entre dire et ne pas dire, et comment dire, Rassoul prend un crayon qui traîne sur la carte de Kaboul, et dans un coin il griffonne le nom du commandant Rostam. Parwaiz le lit à haute voix et lui demande, étonné : « Tu vas avec le commandant Rostam ? » À ce nom, les deux hommes tournent la tête vers Rassoul. Ce qui le rend encore plus timide. L'un dit : « Qui ne le connaît pas ! », et, d'un regard appuyé, s'adresse à Parwaiz : « À propos… Je voulais t'en parler. Car le bruit court que tu veux t'allier avec lui.

— Oui, mais…

— Rassure-moi, ce n'est qu'une rumeur !

— Malheureusement, c'est vrai !

— C'est donc pour ça qu'il est à Kaboul ! Et tu es d'accord ?

— Ce n'est pas à moi de décider…

— Parwaiz, réfléchis à ce que je te dis : le jour où j'apprends que ce porc est parmi nous, ce jour-là tu me verras en face de toi de l'autre côté de la ligne.

— Commandant Morad, il vaut mieux vivre en paix avec lui plutôt que…

— En paix avec son ennemi ? Tu crois à la paix entre un loup et un agneau ?

— Ce que tu dis est vrai, mais faire la paix

avec son ennemi est une obligation ; avec l'ami, quel besoin ?

— Mais pourquoi ? Tu sais parfaitement que nous nous détestons ! Si vous voulez faire la paix avec lui, ma place n'est plus ici parmi vous. Adieu ! »

Il prend son fusil et se précipite dehors. Parwaiz et l'autre homme se lancent à sa poursuite. Rassoul reste seul, désemparé, contemplant la carte de Kaboul, étalée sur la table, froissée et pleine de trous.

Alors, « Donia ! », le nom de sa sœur résonne en lui.

La ville de Kaboul attend le vent. Elle attend le vent comme elle attend la pluie pour en finir avec la sécheresse. Il y a encore cinq semaines, le vent se levait avant même que le soleil ne disparaisse derrière les montagnes. Il soulevait la poussière posée sur la ville, dans chaque coin et recoin des vies, et la chassait. Il ne surgissait d'aucun des points cardinaux. On aurait dit qu'il montait du fond de la Terre ; et repartait après avoir tournoyé, permettant ainsi à la ville de respirer, de dormir, de rêver… Il ne se lève plus. Il laisse tout stagner : le soufre de la guerre, la fumée de la terreur, la braise de la haine… Du roussi, gras, colle à la peau, pénètre dans les cellules. Mieux vaut encore fumer une cigarette de *nana* Alia que respirer cet air étouffant.

Rassoul allume une cigarette. Aucune envie de rentrer chez lui ni de voir Souphia. Il erre, encore. Égaré.

Et s'il se rendait chez un médecin ? Maintenant, avec l'argent de Razmodin, il a de quoi payer la visite, s'acheter des médicaments, manger, fumer…

Au carrefour de Malekazghar, il repère un cabinet médical, avec sur la pancarte : « *Spécialiste en otorhinolaryngo, etc.* » Il entre. La salle d'attente est pleine à craquer. Des hommes et des femmes, en famille. Certains ont dû passer la nuit ici. On mange, on fume, on tousse, on râle, on rit…

À l'entrée du couloir, un jeune homme, qui distribue des numéros d'appel aux patients, interpelle Rassoul : « Il faut venir le matin très tôt, à six heures, pour avoir un numéro. » Devant le regard étonné de Rassoul, le garçon se lamente : « Tous les malades de Kaboul viennent ici. Qu'ils aient un problème de gorge ou d'hémorroïdes, peu importe ! Les hôpitaux ne prennent plus que les blessés de guerre, et encore ! »

Rassoul est sur le point de partir quand une femme s'approche de lui et dit qu'elle peut lui céder contre cinquante afghanis son numéro, si son cas est urgent ; c'est le quatre-vingt-seize, neuf personnes après, « et tu vas voir, ça va vite ! Ça me fera de l'argent pour acheter du lait et des médicaments à mon enfant. » Rassoul hésite, puis accepte et attend dans le couloir que son tour arrive. Entre-temps, il s'aperçoit que la femme a vendu trois autres numéros !

L'ironie veut que le médecin, fort âgé, ait un problème de vue ! Malgré ses énormes lunettes de myope, il a donc du mal à rédiger ses prescriptions. Il demande aux malades de parler fort. Désemparé, Rassoul griffonne sur une feuille d'ordonnance : « Je n'ai plus de voix », et la tend vers le toubib. Celui-ci, énervé, hurle au jeune homme de lui lire le papier, puis comprend. « Depuis quand ? » Trois jours, fait-il avec ces doigts. « À cause de quoi ? » Silence. « Un choc physique ?

— …

— Émotionnel ? » Oui, fait Rassoul, après une brève hésitation. « Il n'y a aucun médicament pour ça », dit le médecin sur un ton exaspérant, tout en tapotant sur ses ordonnances préécrites pour toutes sortes de maladies. « Pour retrouver la voix, il faut que vous reviviez la même émotion, la même situation. Ça fait cent afghanis la consultation, s'il vous plaît », puis il crie : « Au suivant ! » Avant que l'autre patient n'arrive, Rassoul paie avec tout l'argent qui lui reste, et quitte furieux le cabinet, reprenant son errance dans cette ville incertaine, jusqu'à ce que la nuit tombe. Il rentre et dort. Sans cauchemar.

Le cauchemar, il le vit. La grâce, il en rêve. C'est pourquoi, sans doute, il n'a aucune envie d'ouvrir les yeux, de quitter son lit, de saluer le soleil noir, de sentir le soufre de la guerre, de chercher sa voix disparue, de penser à son crime… Il se blottit un peu plus sous la couverture. Paupières fermées. Porte fermée. Longtemps. Rien ne le sort de cet état torpide. Ni les mouches qui voltigent autour de sa tête ; ni les deux roquettes qui s'abattent sur la montagne Asmaï ; ni les pas désespérés de Razmodin qui monte l'escalier, s'attarde derrière la porte close, puis redescend ; ni les cris de joie des enfants de Yarmohamad dans la cour… Tant que le soleil n'est pas couché, lui ne se lève pas.

Mais il se lève à cause de cette satanée femme au *tchadari* bleu ciel qui glisse lentement dans le sommeil de son lit. Toujours cachée, elle commence à caresser Rassoul, qui tente de lui enlever son voile. Elle s'y oppose. Mais Rassoul ne veut rien entendre. Il tire sur cette étoffe immense qui lui file constamment entre les doigts. La femme rit. Elle lui tend un coffret. Dedans il n'y a pas de bijoux, mais une petite boule translucide, vivante. « C'est ta pomme d'Adam », lui dit la femme, « Tu la veux ? »

Rassoul jette la boîte à terre, il veut voir son visage. Il tente à nouveau de lui arracher son *tchadari.* Tentative ratée. Lui-même se retrouve enveloppé. Il n'a plus de force pour déchirer ce voile. Il s'étouffe.

Il se trémousse.

Ouvre les yeux.

C'est sa couverture qui l'étouffe. Dans la chambre, tout est calme. Même les mouches.

Après un long soupir, il se redresse, quitte son lit, la maison, pour se perdre encore dans la brume de la ville.

Traînassant, il débouche d'une ruelle sur la place Joyshir, où une odeur de pain ralentit ses pas. Il s'arrête et attend qu'une main charitable distribue du *halwa.* Dans la foule qui patiente devant la boulangerie, son regard tombe sur un boiteux, appuyé sur une béquille trop grande pour lui. Il ressemble à l'un des deux amis du père de Souphia.

Après avoir acheté du pain, l'homme passe devant Rassoul ; sur le bois de sa béquille, des poèmes gravés, comme sur celle de Moharamollah… C'est la même !

Et alors ?

Il l'a récupérée alors que son ami crevait sous les décombres. Lui ne possédait pas de béquille, il l'a donc prise pour se sauver. Cette béquille est trop grande pour lui. Sale traître !

Rassoul le suit, d'abord des yeux ; puis à pied.

La béquille coincée sous un bras et le pain sous l'autre, l'homme emprunte une ruelle bondée où, à mi-chemin, il s'arrête pour rajuster son pain. Ce faisant, son regard croise celui de Rassoul qui s'est aussi immobilisé. Gêné par cet échange appuyé, l'homme repart et arrive dans une autre ruelle, déserte celle-ci. Là il réalise que Rassoul le suit. Pris de peur, il accélère le pas. Rassoul aussi, qui le rattrape et lui barre le chemin. L'homme, effrayé et essoufflé, étreint le pain sous son bras. « J'ai six bouches à nourrir et seulement un pain », dit-il d'un ton suppliant.

Tu vois, Rassoul, il ne te connaît pas, le pauvre.

Non, il ne me reconnaît pas. Je vais me présenter. Je vais lui rafraîchir sa mémoire pourrie.

Qu'il me regarde droit dans les yeux !

Le boiteux le regarde, terrorisé. Il attend un mot, une gifle, un couteau, un pistolet… Rien de tout cela. Seulement un regard rageur, terrifiant. « Qu'est-ce que tu me veux ? » demande l'homme. « Qui es-tu ? » Voilà la bonne question. Rassoul remue les lèvres pour articuler le nom de MO-HA-RA-MOL-LAH. L'homme essaie de lire sur ses lèvres. « Mohammad ?… Ah, fils de Kazem ?… On t'avait tué, non ? Comment tu es revenu ? ! » Tu confonds maintenant les morts et les vivants. Regarde bien ! Moi, c'est RASSOUUUULLLL, un parent de MO-HA-RA-MOL-LAH.

Rassoul lui serre le bras, et le tire vers le bas. Avec son doigt, il trace sur la terre le nom de Moharamollah. « Quel Moharamollah ? » Rassoul lui désigne la béquille, espérant qu'il associe le nom à la canne. Espoir perdu. L'homme ne comprend toujours pas ce que Rassoul lui veut. « Tu veux ma béquille ? » Non ! « Qu'est-ce que tu veux alors ? » L'index de Rassoul pointe le nom écrit par terre. Paniqué, l'homme lit à nouveau : « Moharamollah, c'est toi ? Je ne te connais pas. » Il se relève, et Rassoul avec lui. L'homme tente de le contourner, et de reprendre son chemin. Rassoul, plus rapide, lui coupe le passage, scrute le visage terrifié de l'homme.

Est-ce vraiment lui ?

Sans aucun doute. Je vais l'aider à se souvenir des moments qu'il a passés avec Moharamollah dans les fumeries, de ce jour où une roquette y a mis le feu. Pour qu'il se rappelle sa traîtrise, il doit revivre la terreur de la mort.

Rassoul s'agrippe à la canne que l'homme, de plus en plus terrorisé, serre encore plus fort contre lui, implorant : « Au nom d'Allah ! » Rassoul fait la sourde oreille. Il lui arrache la béquille, la lève pour le frapper. « Allah, sauve-moi de ce fou ! » crie le boiteux qui s'écroule par terre, cramponné à son pain. Rassoul s'assied et écrit sur la terre : « *Je suis un traître.* » L'homme distingue avec difficulté les lettres des cailloux et des traces de pas. Il s'efforce de lire. Hébété, il a du mal à comprendre le sens de la phrase, interroge Rassoul : « Tu es un traître ? » Non, toi ! fait

Rassoul en pointant son index sur la poitrine de l'homme. « Moi, un traître ! Pourquoi ? » s'exclame-t-il. Rassoul, brandissant la béquille devant ses yeux horrifiés, le fixe longuement et avec fureur. Il lui coupe le souffle.

« *Tu l'as volée à* », écrit-il à côté du nom de Moharamollah. « Ah, non ! Elle est à moi, cette béquille. Je l'ai achetée. Je te jure… » Mais la canne frappe sa jambe malade et lui arrache un cri déchirant. « Au secours ! » Rassoul l'attrape par les cheveux et lui plaque la tête contre le sol pour qu'il lise à haute voix : « *je suis un traître* » ; mais lui ne lit pas, il hurle encore plus fort : « Au secours ! Sauvez-moi ! À l'aide ! » La béquille, cette fois, fond sur son crâne, et le fait taire. En larmes, il supplie : « Mon frère, tu es musulman ou pas ? J'ai six enfants. Allah, pitié !… Je n'ai pas d'argent. Je te jure que je n'ai pas d'argent. » Le pauvre ! Il ne sait pas que si c'était pour l'argent, il aurait déjà le crâne ouvert.

Lâche-le, Rassoul ! Il ne comprendra jamais ce que tu veux de lui ni pourquoi.

Qu'il avoue qu'il est un traître. Qu'il le crie.

La béquille se lève de nouveau avec le cri de l'homme : « Ne frappe pas ! C'est d'accord. Ne frappe pas ! » La béquille reste suspendue. « J'ai trahi… Trahi ! Pardonne-moi ! Allah, je demande pardon… » La béquille s'abat à nouveau sur sa tête ; il hurle de douleur, de peur. « Ne frappe pas ! J'ai trahi. » Voilà, qu'il crie, encore, « j'ai trahi », plus fort, « j'ai trahi », encore plus fort. Que tout le monde t'entende. Crie ! « Je suis un traître ! Un criminel ! » Non, tu n'es pas un criminel. TU ES UN TRAÎTRE !

Rassoul, tu es bon pour l'asile d'Aliâbâd. Comment veux-tu que ce pauvre bougre connaisse tes hantises ? Il n'en a pas été bercé. Pour lui la trahison et le crime sont un même forfait, ils ont la même gravité.

Non. Il sait parfaitement les distinguer. Il est d'ici, de ce pays où la trahison est plus grave que le crime. Peu importe si on tue, si on vole, ou viole... Ce qui compte, c'est de ne pas trahir. Ne pas trahir Allah, son clan, sa famille, sa patrie, son ami... Et lui, il l'a fait !

Nul besoin de prétexte. Rien ne justifie ton acharnement contre cet homme, rien, si ce n'est de commettre un autre crime, afin de revivre la même situation, le même choc, la même émotion qui t'ont rendu muet. Et tout cela pour retrouver ta voix ?

Laisse cet homme vivre. Ta voix et même celle d'un prophète ne valent pas une vie.

Livide, il cogne la béquille si fort contre le mur qu'elle se brise. Il s'assied. L'homme pleure.

Après avoir repris son souffle, Rassoul allume une cigarette et jette un coup d'œil sur le boiteux qui essaie de se relever en gémissant. Il allume une autre cigarette et la lui donne.

Puis s'en va.

Il arrive à la *sâqikhâna*.

Kâka Sarwar et sa bande ne sont pas là. Mais le fumoir est bondé. Tous fixés sur un halluciné, barbe et cheveux longs. Chacun lui tend quelque chose : un verre de thé, un billet de cinq cents afghanis ou une balle de fusil. L'halluciné prend le billet ; ensuite il prend la balle de fusil, l'introduit dans sa bouche et l'avale ; enfin, il prend le verre de thé qu'il boit d'une traite. Un homme, celui qui a donné de l'argent, sidéré, se tourne vers les autres. « Ça fait cinq balles ! Vous avez vu ? C'est la cinquième balle qu'il vient d'avaler. »

L'halluciné, indifférent aux regards ébahis, se lève et, après un cri rauque, « *Ya hoo* », quitte le fumoir, suivi de quelques hommes.

En échange de deux Marlboro, Rassoul tire une longue bouffée de haschisch qu'il garde dans les poumons. Ferme les yeux. Et le monde disparaît, comme les balles dans la bouche de l'homme, jusqu'à l'aube.

Au petit matin, il entend la voix de *kâka* Sarwar retentir à l'étage au-dessus, dans la *tchaykhâna*. Il rejoint la bande, qui l'invite à partager son petit déjeuner. Puis il redescend avec eux dans la *sâqikhâna*.

Grisé de haschisch, il quitte le fumoir.

Il a peur de rentrer chez lui. Il a l'impression que sa chambre est envahie par des spectres échappés de ses cauchemars : la femme au voile bleu ciel, Yarmohamad armé d'un couteau, Razmodin avec ses leçons de morale, et même Dostoïevski avec son *Crime et châtiment*...

Ses pas chancelants prennent le chemin de la maison de Souphia.

Que cherches-tu auprès d'elle ?

J'ai besoin d'elle, et de personne d'autre. J'ai besoin qu'elle me prenne dans la pureté de ses larmes, dans la candeur de son sourire, dans le blanc d'entre ses souffles... jusqu'à ce que je meure de son innocence.

Autrement dit, tu as besoin de sa naïveté, de sa fragilité, pour t'absoudre. Et de rien d'autre ! Laisse-la tranquille. Ne l'entraîne pas dans ton abîme.

Il s'arrête.

Je vais tout lui écrire dans son cahier, et je vais le lui remettre. Je vais lui rendre sa vie.

Il presse le pas. Boiteux. Soûlaud.

Il peine à monter l'escalier, à atteindre la porte, à se glisser dans sa chambre. Et lorsqu'il y parvient enfin, il est surpris de voir sa demeure rangée, propre. Ses vêtements sont bien pliés, ses livres empilés dans leur coin ; aucun débris de vitre ne traîne par terre.

Qui est venu se donner tant de mal pour lui ? Rona, la femme de Yarmohamad, bien sûr. C'est elle, comme avant.

Il s'approche de la fenêtre, jette un coup d'œil vers la maison de Yarmohamad. La cour est vide. Aucune ombre derrière les vitres. Une griserie intérieure s'empare de lui, surmontant son ébahissement devant sa chambre si ordonnée, et son désir tourmenté de tout écrire à Souphia.

En fait, de quoi se réjouit-il ? De sa victoire sur Yarmohamad qui n'a pas pu empêcher sa femme de faire son ménage ?

Quel homme orgueilleux !

Cette joie vile et infantile vole en éclats lorsque son regard tombe sur le fameux cahier, posé avec soin dans l'embrasure de la fenêtre. Il se jette dessus. Rona, l'a-t-elle ouvert, a-t-elle lu ses poèmes et ses pensées intimes pour Souphia ? Et la dernière phrase, « *Aujourd'hui, j'ai tué* nana *Alia* » ?

Le cahier tremble dans ses mains. Il l'ouvre à la dernière page, et lit : « *Aujourd'hui, j'ai tué* nana *Alia* ». Il s'assied sur son matelas. Puis, après une longue réflexion, il prend un stylo pour ajouter : « *Je l'ai tuée pour toi, Souphia.* »

Pour elle ? Et pourquoi ?

Je vais lui écrire pourquoi. Mais d'abord je veux parler d'elle, de son innocence fragile, de ce dont je n'ai jamais su parler avec des mots limpides, sans rhétorique. « *Souphia, je ne t'ai jamais embrassée. Tu sais pourquoi ?...* » Un bruit de pas montant l'escalier suspend ses mots au bout de son stylo. On frappe à la porte. Une voix féminine, douce, se fait entendre : « Rassoul *djân*, c'est Rona. » Il bondit pour ouvrir la porte. « Bonjour », dit-elle avec timidité. Elle tient à la main un plateau, recouvert d'une serviette blanche. Il s'efface pour la laisser entrer et l'observe à la dérobée, anxieux de constater comment elle réagit à la vue du cahier dans sa main. « Rassoul *djân*, je suis venue te prier d'excuser Yarmohamad. Ces jours-ci, il n'est pas dans son assiette. Il est nerveux. Il a peur... Tu le connais. En plus, il n'a plus de travail. Il est simplement inquiet... » Elle lui tend le plateau : « Tiens, voilà du *kishmish-panir*, du fromage cru maison, celui que tu aimes, et des raisins secs. »

Embarrassé, Rassoul prend le plateau et d'un geste vague la remercie, comme pour lui dire qu'elle ne doit pas s'inquiéter, que tout est fini. Ensuite, afin d'exprimer sa gratitude pour le ménage, il effectue une courbette, tout en montrant de la main — qui tient le cahier — le coin où ses livres s'alignent, bien rangés. « Je l'ai fait comme je le faisais avant. Au temps où… »

Il ne l'écoute plus. Rassuré de ne pas voir de soupçon ni d'inquiétude dans son regard à elle, il est fasciné, comme avant, par ses lèvres charnues et pétillantes, ses yeux en amande, couleur noisette. Et elle, connaissant son pouvoir de séduction — et cela depuis longtemps —, joue avec lui, mord un pan de son voile entre ses dents, et cache ainsi ses lèvres. Histoire de l'affoler encore plus. Rassoul est persuadé que si Yarmohamad lui en veut, c'est en grande partie à cause de son faible pour Rona. Il doit se douter de son attirance, c'est sûr.

« Bon, je m'en vais… » Elle se résout à partir. Rassoul, confus de n'avoir pas entendu ce qu'elle disait derrière le pan de son voile, la suit. Au seuil de la chambre, il reste à l'observer jusqu'à ce qu'elle disparaisse dans la pénombre du couloir de sa maison. Derrière les fenêtres, il cherche Yarmohamad. Aucune ombre. Sans doute s'est-il absenté ; c'est la raison pour laquelle Rona a osé lui rendre visite.

Si Rassoul n'avait pas la tête ailleurs, s'il n'avait pas tant de soucis, et le cahier de Souphia à la main, il s'allongerait sur son matelas, pris par ses fantasmes. Sa main glisserait dans son pantalon pour caresser sa verge. Il imaginerait deux ou trois scènes avec elle pour se masturber. Aujourd'hui, il choisirait celle où Rona est toute nue, assise sur la balançoire de ses filles ; tête légèrement penchée, un sourire malicieux aux lèvres. Elle fixe Rassoul droit dans les yeux. Jambes écartées, les cordes enroulées autour des bras, les mains posées sur son pubis, elle se caresse... Bon, ce n'est pas le moment. Il faut être vraiment malade, un obsédé, un fou évadé de l'asile d'Aliâbâd, pour penser à ça, maintenant !

Pose le plateau, referme la porte et remets-toi à écrire.

Il rouvre le cahier.

« *Souphia, je ne t'ai jamais embrassée. Tu sais pourquoi ?* » Et la suite ? « *Parce qu'il me fallait beaucoup de force pour embrasser ton innocence...* » D'où tu sors ça ? Tu ne peux pas avoir un esprit plus limpide, des mots plus directs ? Embrasser ton innocence ! Qu'est-ce que ça veut dire ? Si tu l'écris, elle se moquera de toi ; elle te dira : « Brise mon innocence ! Embrasse-moi ! Et je te donnerai la force. »

Abattu, il referme le cahier, le jette parmi les livres et s'écroule sur le lit. Il baisse les paupières pour trouver dans l'ombre et le silence les mots qu'il cherche. Mais des bruits de pas dans l'escalier l'arrachent à son lit. Des pas lourds, cette fois-ci. « Rassoul ! C'est Razmodin. » Il n'est pas seul, quelqu'un chuchote à son oreille. Rassoul ne bouge pas. « Rassoul ? » répète Razmodin en frappant à la porte. Après une courte attente, il hèle les filles de Yarmohamad : « Eh, les filles ! Rassoul est parti ?

— Non, il est dans sa chambre. Peut-être qu'il dort », répondent-elles d'une seule voix. Allez au diable ! rugit en lui-même Rassoul. Et il se lève.

« Rassoul ! » l'appelle encore Razmodin, en secouant la porte, fermée de l'intérieur. Il frappe plus fort. Un instant ! marmonne sourdement Rassoul. Il va ouvrir.

« Ah, te voilà, enfin ! Ça fait deux jours qu'on te cherche », s'exclame Razmodin qui s'approche ; derrière lui un petit homme, mince, coiffé d'un turban blanc. « Rassoul, le commandant Rostam a la gentillesse de venir te rendre visite et... » Le commandant Rostam s'avance vers Rassoul, « mon cher Rassoul », le prend dans ses bras, « enfin je peux te rencontrer ! ». Rassoul, froid et peu accueillant, recule. Rostam reste sur le seuil, attendant qu'on l'invite à entrer. C'est Razmodin qui prend l'initiative ; il se précipite dans la chambre et lui adresse un signe de bienvenue. L'autre entre et se lance dans un discours cérémonieux : « Mon cher Rassoul, je viens de la part de ta vénérable mère. Je ne sais pas par où commencer. J'ai deux nouvelles de ta famille. L'une malheureusement mauvaise et très triste, l'autre, bonne et pleine d'espoir : je dois t'annoncer, avec un immense chagrin, que ton père, qui était un bon musulman, si pur, a rendu courageusement son âme à

Allah miséricordieux. Il est mort en martyr. Je te présente toutes mes condoléances. Que le paradis soit sa demeure. Et j'implore auprès d'Allah le Miséricordieux, pour sa famille qui lui survit, beaucoup de patience, une vie longue et prospère... », levant les deux mains pour prier, « *Inâlellahé wa inâ-ellaïhé râdji'oun* ». Après, il se tait et attend que Rassoul parle. Lui, impassible, le dévisage. Plus embarrassé qu'étonné, Rostam regarde Razmodin à la dérobée, puis, sans attendre d'être prié de s'asseoir, il enlève ses chaussures et va prendre place sur le matelas. Razmodin le rejoint ; et tous deux fixent Rassoul, qui, toujours indifférent, s'assied plus loin.

Silence.

Un silence morne que Rostam tente de rompre en offrant une cigarette à Rassoul — qui refuse —, puis à Razmodin ; et il reprend le fil de son discours : « Bien sûr, ta chère mère m'a dit qu'elle t'avait mis au courant par une lettre de ces événements regrettables... Mais je vois que son courrier ne t'est pas parvenu... » La manière dont Rassoul hoche la tête et agite les sourcils, pour exprimer que la lettre, il l'a bien reçue, déstabilise un peu plus le commandant. Désemparé, il suit du regard Rassoul, qui se met à farfouiller dans ses livres pour retrouver la lettre de sa mère et la brandir devant les yeux hébétés de Rostam et de Razmodin, puis regagne sa place et, avec nonchalance, se saisit d'une tapette en plastique pour chasser les mouches qui volent autour du plateau de *kishmish-panir*.

« Tu l'as donc reçue ? » demande le commandant.

Oui.

« Mais… ta respectable mère pense que tu n'es pas au courant pour ton père martyr ! Après avoir envoyé cette lettre, elle t'a beaucoup attendu… »

D'un air réprobateur Rassoul fixe Razmodin qui garde les yeux baissés, rivés sur le bout de ses ongles, dans la crainte d'entendre son cousin dire : « Mon père, mort ou vivant, n'avait pas pour moi une grande importance. » Razmodin n'en a certainement pas parlé à Rostam. Mais pourquoi ? Il aurait dû !

Rassoul frappe avec la tapette une mouche qui vient de se poser devant lui, et expédie son cadavre vers la porte. Rostam comprend le message ; furieux, il a du mal à se contenir. « Tu sais que pour un jeune musulman afghan, le devoir à l'égard de ses parents est au-dessus de tout. Le sang du père vaut cher. On t'attendait tous pour que tu jures de le venger… Mais… » Il est interrompu par un coup de tapette qui écrase une autre mouche. Énervé, il se tourne vers Razmodin : « Tu sais combien sa mère et sa sœur vont souffrir si elles apprennent comment ce jeune se comporte vis-à-vis d'elles, et vis-à-vis de feu Ibrahim ? » Razmodin l'approuve de la tête, tout en imaginant ce que pense Rassoul : « Non, elles doivent être soulagées après la mort de mon père. »

Rostam, de plus en plus déconcerté par le

mutisme de Rassoul, tire une longue bouffée de sa cigarette et attend. Attente vaine. Il s'impatiente. « Au nom d'Allah, dis quelque chose !... » Rassoul lâche la tapette et le toise longuement. Razmodin sait parfaitement ce qui bouillonne en Rassoul, mais il ne comprend pas pourquoi il demeure coi. Par respect ? Cela ne lui ressemble pas. Il doit peser ses mots pour insulter, comme d'habitude, tous ceux qui, au nom de la tradition, de l'honneur, ou de la religion, encouragent les gens à s'entre-tuer, à se venger, à alimenter la guerre... « Tu sais qui a tué ton père ? » Rassoul hausse les épaules, ça ne l'intéresse pas. « C'est un voleur, un malfrat, qui l'a tué pour de l'argent... pour de l'argent ! » Alors c'était quelqu'un qui avait faim. Se venger d'un affamé n'a aucun intérêt. Mon père, comme communiste, se battait soi-disant au nom de la justice pour les affamés ; il tuait les riches pour sauver les pauvres, n'est-ce pas ? Son âme doit se réjouir de voir quelques affamés manger grâce à son argent !

Rien que d'envisager ce que Rassoul remue dans sa tête, Razmodin est terrifié. Cependant, il est étonné, non, pas étonné, mais soulagé, de voir Rassoul se taire. Il faut en profiter. Il se tourne alors vers Rostam pour lui présenter ses excuses, « ça fait quelques jours que mon cousin ne va pas bien... », mais il est interrompu par Rassoul qui se lève brusquement, va mettre les chaussures de Rostam dehors et lui fait signe de quitter sa chambre.

Rostam, hors de lui, saute sur ses pieds en hurlant : « Mais quel garçon *béadab* ! Ingrat ! », puis, s'adressant à Razmodin : « Si ce n'était par respect pour sa mère et sa sœur, à l'instant je lui aurais mis les tripes à l'air ! » Il crache par terre, aux pieds de Rassoul. Mais, avant que ce dernier ne réagisse, Razmodin force Rostam à sortir.

Rassoul referme la porte et reste debout au milieu de la chambre, écoutant Razmodin qui court derrière le commandant : « Ne vous fâchez pas, ne le prenez pas mal. Il est malade, je vous le jure. Depuis la mort de son père, il est étrange. Ça fait un mois que tout le monde se plaint de lui… » Sa voix s'éloigne dans la ruelle, disparaît.

Rassoul, vidé de sa rage, s'assied avec un sourire triomphal. Il reprend la tapette et regarde autour de lui en quête d'une autre victime. À peine une mouche atterrit-elle sur son matelas que la tapette l'abat et envoie son cadavre vers la porte.

Maintenant qu'il a retrouvé son calme, il reprend la lettre de sa mère qu'il relit du début à la fin. Dieu merci, sa mère n'a pas une belle écriture ni une manière de bien dire les choses en dix pages comme la mère de Raskolnikov ! Cette lettre-là est courte, mal écrite, quasi illisible.

Il relit les phrases concernant sa sœur Donia. « *Il y a un homme, riche et influent, qui demande la main de ta sœur…* » Mais qui ? Pourquoi sa mère a-t-elle évité d'écrire son nom ? *Riche et influent*, cela veut dire que ce n'est pas un inconnu. Sans doute s'agit-il d'un homme controversé, de mauvaise réputation. C'est pourquoi sa mère ne veut pas que Rassoul sache de qui elle parle.

Son regard s'égare sur le papier, dans la crainte de retrouver des mots qu'il n'aime guère lire. Mais ils sont là, les mots, plus lisibles que le reste : « *Donia est d'accord. Mais elle voulait d'abord ton accord à toi. Tu es maintenant l'homme de notre foyer…* » Il replie la lettre. « … *l'homme de notre foyer* ». La première fois qu'il a lu la lettre, cette phrase l'a empli de fierté, « *l'homme de notre foyer* », mais maintenant il se rend compte qu'elle contient un autre message, presque insolent. Chaque mot a une autre couleur, une autre sonorité. Ils ne sont plus naïfs, innocents. Ils exhalent l'ironie, les reproches, les non-dits…

L'homme de notre foyer !

Non, ta mère n'est pas capable de t'écrire une pareille lettre. C'est toi qui as cette hideuse impression. Relis-la un autre jour, et tu n'y trouveras que sagesse et bienveillance.

Il replie la lettre pour la glisser dans un livre. Mais pas dans n'importe lequel. Bien sûr, dans un des volumes de *Crime et châtiment* ! Et pire encore : entre les pages où Raskolnikov lit la lettre de sa mère.

C'est trop, Rassoul !

Il n'a pas encore remis le livre à sa place que la porte s'ouvre de nouveau, violemment, et que la voix de Razmodin remplit la chambre : « Tu ne tiens plus à la vie ou quoi ? Tu veux qu'un de ces jours une maudite balle t'achève ? Qu'est-ce que tu cherches au juste ? Tu es vraiment malade. » Rassoul le regarde, hésite à lui remettre la lettre de sa mère. « Pourquoi t'es-tu comporté comme un petit con ? Est-ce que tu sais qu'il a emmené ma tante et Donia sous son toit, pour ne pas les laisser seules ? Il a fait tout ce chemin pour te rassurer et te donner de l'argent. Tiens ! » Il sort de sa poche une liasse de billets qu'il jette sur le bord du matelas. « Non seulement tu ne le remercies pas, mais tu ne lui adresses même pas la parole ! Pourquoi ? » Secoué, Rassoul rouvre le livre, reprend la lettre de sa mère et la tend à Razmodin. Lis ! Et lui la lit. Chaque mot l'abat, lui enfonce la tête dans les épaules, fait trembler sa main. Maintenant, qu'il comprenne pourquoi cet argent ! Eh oui, cette générosité, cette gentillesse ne sont pas pour les beaux yeux de Rassoul. Avec cet argent Rostam entend acheter Donia. Donia, ta cousine. Celle que tu aimes et que tu veux épouser. « La "bonne nouvelle" que ce fils de pute voulait annoncer, c'était donc ça ? » demande Razmodin d'un air défait. Voilà pourquoi Rassoul l'a traité si odieusement, c'était pour l'empêcher d'annoncer devant toi la nouvelle. « Donia ! » s'exclame Razmodin. Il prend Rassoul par les épaules, et lui demande d'une voix éteinte : « Mais… Mais pourquoi tu ne m'as rien dit ? » Rassoul libère ses épaules. « Si tu me l'avais dit, je serais allé à Mazar, je t'aurais emmené aussi… » Alors, vas-y maintenant, et laisse Rassoul tranquille. « Je t'emmène. » Rassoul ne peut plus rien faire. Va, Razmodin, ramène sa mère et Donia à Kaboul !

Razmodin bondit et s'enflamme : « On va les chercher… », mais le regard désespéré de Rassoul a raison de son impétuosité. Il revient à lui : « Non, ici, ça devient très dangereux. On va tous au Tadjikistan. » Non, fait Rassoul. « En effet, là-bas aussi, c'est une zone sous leur contrôle », las, « alors où ? Trouve une solution, merde ! » Fais ce que tu veux, mais laisse Rassoul tranquille… Tranquille !

Partagé entre sa rage face au silence incompréhensible de Rassoul et son appréhension d'une menace de la part de Rostam, Razmodin demeure un instant abattu. Puis, soudain, il claque la porte. On entend ses pas rageurs descendre l'escalier, marteler la cour, disparaître enfin dans la poussière du crépuscule.

Rassoul, épuisé, ferme les yeux sans pour autant s'endormir.

La nuit tombe, ténébreuse.

Elle envahit la chambre.

Et lorsque les appels à la prière s'élèvent en chœur, volant son sommeil à la ville, Rassoul, alors, ouvre péniblement les yeux. Sa tête tourne. Il se redresse, s'assied contre le mur, les jambes pliées et encastrées dans la poitrine.

Il tremble. Il tremble de rage, de peur, de lâcheté… de tout.

Tout se noue dans sa poitrine.

Enfle et fend sa gorge, sourdement. Il pleure.

Il dort.

Soudain, le bruit terrifiant d'une explosion le réveille en sursaut. Trempé de sueur, il s'assied sur le matelas, et son regard va vers la fenêtre. Derrière la fenêtre, encore la nuit, toujours noire. La fumée sombre interdit à la lune de glisser dans le songe des maisons.

Rassoul allume la bougie laissée à portée de sa main par Rona. Il se traîne jusqu'à la cruche en argile. Plus une seule goutte d'eau.

Il regagne son lit, son regard se fige sur la liasse de billets que Rostam a laissée à Razmodin. Une mouche s'y prélasse. La liasse est la même que celle que *nana* Alia tenait avec fermeté dans sa main raide et charnue. Ce n'est qu'une impression. Toutes les liasses se ressemblent.

Ramasse-la !

Après une longue hésitation, il l'attrape d'un geste nerveux, comme s'il voulait au passage happer la mouche. Elle se sauve et rejoint sa colonie sur la serviette blanche qui recouvre le fromage cru et les raisins secs.

Il contemple longuement l'argent, puis le jette loin de lui. Par peur ou par répugnance.

Il grille une cigarette.

Et pense.

Il pense qu'après tout cet argent n'est peut-être pas aussi sale que celui de *nana* Alia. Ni même dangereux. Alors pourquoi un tel dégoût ? « Par orgueil ! » dirait Razmodin, « tu es vraiment rongé par l'orgueil, Rassoul. Un orgueil qui ne repose sur rien, un orgueil absurde. »

Oui, je l'assume, cet orgueil qui n'est fondé sur rien. Que le monde le sache : je préfère l'orgueil à la fierté. Être fier, c'est être fier *de quelque chose*, c'est donc être dépendant de cette chose. Alors que l'orgueil est profond, intérieur, personnel, indépendant, sans référence sociale. La fierté donne de l'honneur ; l'orgueil, de la dignité.

Encore des mots, beaux à entendre. Malgré tout ce que tu as vécu et que tu vis encore, tu n'arrives toujours pas à te convaincre que tu en as besoin, de cet argent. En tout près de cinquante mille afghanis. Tu peux sauver ta mère, ta sœur et ta fiancée avec. Laisser ta famille crever, n'est-ce pas une atteinte à ton orgueil, à ta dignité ?

Exaspéré, il aspire une longue bouffée de sa cigarette et, en expirant la fumée, il éteint la bougie. Puis, il s'allonge et attend dans le noir. Il attend que le jour se lève pour aller chercher son cousin et lui rendre l'argent.

Non, ce n'est pas avec cet argent que je vais sauver ma famille.

Soit. Mais alors avec quoi ?

Il se tourne, il se tortille ; et avec ses ongles il enlève quelques écailles de peinture qui se décollent du mur. Puis, comme dans son enfance, il lèche le bout de ses ongles, les résidus de peinture, toujours aussi nauséabonds. Il les lèche, pour vomir et ne pas dormir.

Il ne vomit pas.

Et il se rendort.

Au lever du jour, il arrive à l'hôtel Métropole. Le quartier est encerclé, protégé par deux chars, quelques Jeep armées et des véhicules avec le sigle UN. Rassoul s'avance d'un pas décidé devant l'hôtel. Là, deux hommes armés l'arrêtent. Il remue les lèvres comme pour articuler le nom de Razmodin.

« Quoi ? »

Soudain, tout se perd dans le brouhaha. Des hommes portent un cadavre de « martyr », hurlant : « *Allah o Akbar !* », puis « Vengeons nos *shahids !* ». Les deux gardes, laissant Rassoul seul, rejoignent le cortège et disparaissent. Lui pénètre dans l'hôtel. Le hall est bondé d'hommes armés et de journalistes. Dans l'expectative. De quoi ? Personne n'a l'air de savoir. Tous aux aguets.

Rassoul se dirige vers l'escalier qui mène au bureau de Razmodin, mais sur le chemin il se blottit dans un coin en apercevant à l'autre bout du couloir le commandant Rostam accompagné des deux hommes — ceux qu'il a rencontrés dans le bureau de Parwaiz, ceux qui crachaient une haine sans fin à l'égard de ce commandant venu de Mazar-é Sharif. Joyeux malgré l'ambiance tendue qui règne dans l'hôtel, ils ont l'air maintenant d'être complices.

Rassoul atteint discrètement le bureau de Razmodin. Il n'est pas là. Il a dû partir pour Mazar, chercher Donia. Voilà un homme, un vrai. Il fait ce qu'il doit faire. Tant mieux.

Oui, tant mieux, parce qu'il te décharge de ta responsabilité.

J'en ai assez. Considérez-moi comme un lâche. Un bon à rien. Je ne suis qu'un fils raté, un ami raté, un ennemi raté, un étudiant raté, un fiancé raté, un criminel raté… Et rien d'autre. Laissez-moi m'enivrer, planer dans les abîmes poétiques du chanvre.

Et il frappe à la porte de la *sâqikhâna.* « Qui est là ? » demande Hakim, le propriétaire du fumoir, qui regarde par les fentes de la porte. « C'est Rassoul ? » Oui. « Mais lequel ? Le Saint ou le Haschischin ? » s'élève la voix de *kâka* Sarwar. Hakim ouvre la porte en riant et tire Rassoul vers l'intérieur. Comme toujours, tout est flou et flottant dans les volutes de fumée, comme dans un songe.

Hakim ferme la porte et indique à Rassoul

une place dans le cercle des fumeurs, à côté d'un jeune homme en transe. « Jalal, fais-lui une place. »

C'est un autre jeune, assis à côté de Jalal, qui s'écarte en disant : « Ne lui gâche pas son plaisir. Jalal plane au septième ciel. S'il bouge, il tombe. Viens ici, mon gars, près de Mostapha. Tu seras aussi bien. » Il place Rassoul à son côté et lui tend le shilom. « Tiens, pour toi qui viens d'arriver tout frais. » Rassoul vide d'abord sa poitrine de l'air soufré de la ville, puis aspire le haschisch autant que ses poumons le lui permettent.

« Ce Jalal, sa mère l'a mis au monde grâce à l'opium. Il était gros, paraît-il. C'est par la force de l'opium qu'elle a réussi à accoucher de Jalal. Il est donc né avec de l'opium, dans l'ivresse… Quelle chance ! » Tout en expirant la fumée, Rassoul jette un bref regard sur Jalal, qui lève la tête et murmure : « La guerre n'a pas encore commencé ? » Mostapha chuchote : « Qu'est-ce qu'on raconte dehors, encore un coup d'État ? » Rassoul hausse les épaules pour dire qu'il n'en sait rien, et tire une autre bouffée.

« Il ne sait rien non plus, *kâka* Sarwar ! » dit Mostapha, en montrant Rassoul. « Il n'est donc pas Rassoul, le Saint Messager. »

Kâka Sarwar secoue la tête : « Ignorer tout, c'est la sagesse ! Oui, ce jeune a tout compris. Il sait tout, mais il l'ignore. »

La tête d'un autre homme surgit à travers la fumée : « Ça fait quelques années qu'on ignore tout, et que le monde nous ignore. Ça aussi, c'est de la sagesse ?

— Ce n'est pas pareil.

— Alors je ne comprends plus rien à ce que tu racontes, *kâka* Sarwar.

— Écoute, quand tu dis que tu ne sais rien, c'est le début de la sagesse. Et lorsque tu dis que tu ignores tout, ça veut dire que tu es arrivé au savoir absolu. Est-ce que tu sais quelque chose de cette guerre ?

— Non.

— Très bien. Tu sais que tu ne sais pas. C'est déjà colossal ! Et lorsque tu comprends le pourquoi de cette guerre, tu aimerais tout ignorer. Allez, passez-moi le shilom ! » Il fume, puis reprend : « Un sage parmi les sages, nommé Attar, disait que dans la vallée d'étonnement — l'avant-dernière vallée de la sagesse qu'il appelait *Wâdié Hayrat* —, le voyageur resterait stupéfait et se perdrait. Il oublierait tout, et s'oublierait lui-même ! » Il ferme les yeux et récite le poème : « *Si on lui dit : "Es-tu ou n'es-tu pas ; as-tu ou n'as-tu pas le sentiment d'existence ; es-tu au milieu, ou n'y es-tu pas, ou es-tu sur le bord ; es-tu visible ou caché ; es-tu périssable ou immortel ; es-tu l'un et l'autre ou ni l'un ni l'autre ; existes-tu enfin ou n'existes-tu pas ?" Il répondra positivement : "Je n'en sais rien, je l'ignore et je m'ignore moi-même. Je suis amoureux, mais je ne sais de qui ; je ne suis ni fidèle ni infidèle. Que suis-je donc ? J'ignore même mon amour ; j'ai à la fois le cœur plein et vide d'amour."*

— Alors, sommes-nous dans cette vallée ? »

demande Hakim, arrachant des rires aux fumeurs. « Si, au lieu de nous poser des questions idiotes, tu arrives à nous étonner avec ton haschisch, OUI ! » dit *kâka* Sarwar, et, après avoir aspiré une longue bouffée, il passe le shilom à Jalal, revenu à lui : « La guerre n'a donc pas encore commencé.

— C'est déjà terminé. Fume, fume tranquille ! » le rassure Mostapha. Puis il s'adresse à Rassoul : « C'est qu'il a peur de la guerre. Il a peur du sang, des balles et des roquettes. C'est pourquoi, avant de mourir à la guerre, il veut se tuer à force de haschisch. Ça fait quatre jours qu'on plane d'une *sâqikhâna* à l'autre. »

Le shilom ne tire plus. Jalal lève la tête, totalement défait : « C'est fini ?

— La guerre ? Oui.

— Non, le haschisch… »

Hakim s'avance pour lui fournir une nouvelle pipe « Tu as de l'argent ?

— L'argent ?… Mostapha, tu as… ?

— Non, mon Jalal. Nos poches sont aussi sèches que nos culs. »

Rassoul se lève, chancelant, tire un billet de 500 afghanis de sa poche et le donne à Jalal. Tout le monde le fixe avec étonnement et admiration. Il sort un autre billet de 500 afghanis et le tend à Hakim pour qu'il achète des *kebabs* à tout le monde.

Toutes les voix s'élèvent, le remerciant. Lui-même quitte le fumoir, fier, léger. Plus léger que l'air. Quel ravissement ! Dorénavant, il va vivre avec l'argent de Rostam comme il aurait pu vivre avec celui de *nana* Alia. Digne et heureux.

Maintenant je vais chercher Souphia. Je vais la serrer dans mes bras. Nous allons nous marier. Je les emmène, elle et nos deux familles, quelque part loin d'ici, au-delà des frontières de la terreur.

Il court.

Une roquette fait trembler la terre sous ses pieds.

Il court.

Rien ne le retient. Ni les tirs, ni la circulation, ni la douleur à sa cheville.

Rien ne l'affecte. Ni les cris, ni les pleurs, ni les appels au secours.

Il ne s'arrête que devant la maison de Souphia. Hors d'haleine, il attend de retrouver son souffle, puis frappe à la porte.

Après un long silence, la porte s'ouvre. C'est Daoud. Tiens, il n'est pas sur le toit ! « À cette heure-ci, aucun pigeon ne vole. » Daoud ferme la porte et, tout fébrile, suit Rassoul. « Mon pigeon est revenu. Dès que tu es parti, il est revenu. Je pense qu'il avait fui loin d'ici », il ricane, « je l'ai déjà revendu contre... », content et fier, il se dirige vers un coin de la cour, prend quelque chose sous la cage des pigeons, et l'apporte à Rassoul. « Regarde, contre quoi je l'ai revendu. » C'est un Colt. « En bon état ! » Rassoul vérifie le magasin, il est chargé. « Je l'ai pris pour toi... » Pour lui ? Il va faire quoi avec ? « Tout le monde en a, sauf toi ! Si tu en as un, tu ne mourras pas. Cache-le que ma mère ne le voie pas. » Inquiet, il le lui retire et le cache sous sa chemise. « Ton cousin est venu. Il te cherchait. Il a dit qu'il allait à Mazar. » Rassoul avance dans le couloir et voit de la lumière dans la cuisine. Il entre et salue la mère de Souphia. « Comment vas-tu, mon fils ? Razmodin est venu, il nous a appris pour ton père. Que Dieu ait son âme et que le Paradis soit sa demeure. Comment vont ta mère et ta sœur ? » Elle évite le regard de Rassoul. « Qu'est-ce qu'elle doit encore endurer, ta pauvre mère ! » Pour deuil, le silence.

Et Souphia ? Où est-elle ?

Rassoul jette un regard dans le couloir. Aucun bruit, aucun signe d'elle. « J'ai demandé un peu d'argent à Nazigol, je me suis dit que pour une fois mes enfants allaient manger à leur faim », dit-elle comme pour justifier quelque chose. Mais quoi ? Elle se penche sur sa cuisinière. Elle regarde dedans comme si elle était à la recherche de ses mots. Après une longue hésitation, elle dit : « Souphia est partie chez *nana* Alia. » Sa voix est sèche, trop sèche. « Nazigol est venue la chercher. Elle est toute seule. Sa mère est partie on ne sait où. Il y a beaucoup à faire, et Souphia rentrera tard. » Mais il lui avait pourtant demandé de ne plus y retourner. Et elle y est retournée. Autrement dit, ses instructions n'ont plus aucune importance pour elle. C'est tout. Il se tourne pour partir, mais la mère de Souphia, sans se retourner, l'arrête : « Rassoul… » Une pause qui ne présage rien de bon à entendre.

« J'ai… deux trois choses à te dire… » Ça y est. Rassoul va entendre ce qu'il redoutait qu'elle crache : « Mais je ne sais pas comment te le dire. » Elle se mouche avec le pan de son fichu. « Ne le prends pas mal. Je sais que nous nous comprenons… » Oui, Rassoul te comprend très bien. Cela fait un bout de temps qu'il est prêt à t'entendre dire ce que tu as sur le cœur. Dis-lui tout : « Jusqu'à quand on va t'attendre ? D'autant plus que ta vie a changé maintenant. Tu as ta mère et ta sœur qui ont besoin de toi, plus que nous. Il faut que tu retournes auprès d'elles. » Rassoul a l'impression que son corps se vide. Il se vide du sang, de l'espoir, de la vie. Il n'est plus qu'un fétu de paille, futile, sec, minuscule… à jeter au sol, à laisser emporter par le moindre coup de vent. Il s'appuie contre le mur pour ne pas tomber sous les pieds de la mère de Souphia qui l'accable : « On doit maintenant penser à nous, on ne peut pas éternellement t'attendre. Tu n'as plus rien. Pas de travail. Pas d'argent. Jusqu'à quand ? Laisse-nous nous prendre en main, trouver une solution. » Mais il aime Souphia. « Retourne chez ta mère, Rassoul ! Nous allons nous débrouiller. Ne t'inquiète pas. » Mais il aime Souphia.

Oui, elle le sait. Et c'est pourquoi elle se tait, suspend ses mots pour ne plus exprimer sa pensée que dans son regard, chargé de regret et de désolation à l'égard de Rassoul. Il baisse la tête. Après être resté prostré un long moment, il quitte la cuisine, le couloir. Dans un coin de la cour, il retrouve Daoud qui, à la lumière d'une lampe à huile, soigne l'aile blessée d'un pigeon. Rassoul sort la liasse d'argent et lui donne tout. « C'est quoi ? » Le prix de son Colt. Daoud, tout heureux, prend les billets et lui tend l'arme. « Tout cet argent, c'est pour moi ? » Oui. « Tout ? » Tout. « On peut acheter combien de pigeons avec cet argent ? » Rassoul l'abandonne à ses comptes, et disparaît dans les rues poussiéreuses de Dehafghânan, telle une ombre dans le crépuscule, incertaine et vide.

Oui, vide. Vide de toute substance.

Non, Rassoul, tu n'es pas vide. Tu es simplement délivré. Délivré de toute contrainte, de toute responsabilité. Délivré parce que Souphia n'a plus besoin de toi. Pas plus que ta mère et ta sœur.

Oui, c'est ça le vide : lorsque personne n'a plus besoin de moi, lorsque je n'ai plus rien à donner. Que j'existe oui ou non, ça ne change rien pour eux.

Exactement. Sans toi, le monde ne sera pas vide, mais vidé de toi. C'est tout.

Je ne veux pas entraîner Souphia dans ce vide.

Alors, laisse-la !

Je vais la laisser. Mais avant je dois lui apprendre que *nana* Alia n'existe plus, que je l'ai tuée de mes propres mains.

Elle le saura, un jour ou l'autre. Ce soir, elle est avec Nazigol qui offre « l'hospitalité » qu'assurait sa mère. Il y a sans doute Amer Salam et ses invités. Qu'est-ce que tu vas faire ?

Rassoul s'arrête.

En lui, un sanglot dont il ne sait pas comment se défaire. Il cherche une cigarette dans sa poche. Sa main bute sur l'arme. Elle tremble. Elle exsude ses larmes. Elle pleure sa mort.

Un corps s'abat sur le sol. Rassoul ouvre les yeux. À travers le voile de fumée, il discerne Jalal, il se traîne jusqu'à lui et le secoue. Rien à espérer, il gît, un filet de bave coule lentement de sa bouche. « C'est un homme heureux », murmure *kâka* Sarwar, yeux fermés, corps replié. « Il ne bouge plus », constate un jeune homme qui se trouve à côté de Rassoul. *Kâka* Sarwar ouvre un œil, jette un regard vers Jalal et reprend : « C'est un homme heureux. Il est né dans l'ivresse, et il meurt dans l'ivresse.

— Qu'est-ce qu'on peut faire pour lui ?

— Rien », souffle Mostapha, ailleurs, en retrait dans un coin de la *sâqikhâna,* les mains enfouies sous les aisselles.

« Mourir, c'est sa volonté. Maintenant que notre vie dépend des autres, laisse-nous le droit de mourir. Laisse-le tranquille, jeune homme, ne lui rends pas la mort difficile », dit *kâka* Sarwar, refermant les yeux, et chantonnant dans sa barbe : « *Venir et partir, il n'en reste aucune trace / Être et vivre, il n'en reste aucune trame / Dans le feu de cette machine infernale, les êtres clairvoyants / Se consument et tombent en cendres, sans aucune fumée.* »

Rassoul se recule, s'adosse au mur et, regard fixé sur Jalal, s'attend à voir encore une fois la mort venir. Une mort douce, paisible. Elle emportera Jalal loin de cet enfer. Elle l'empêchera de mourir d'une balle perdue, ou d'un coup de hache. Une mort sans souffrance. Et il n'y aura personne à accuser, à condamner, à exécuter. Aucun coupable. Il n'y aura ni crime ni châtiment.

Il sort une cigarette et l'allume, puis se lève et quitte le fumoir pour regagner sa chambre qui grouille de mouches. Il va directement au lit, écrase le mégot de sa cigarette contre le mur et s'allonge. Quelque chose dans sa poche le gêne. C'est le revolver. Il le pose sur sa poitrine. Que faire ? se dit-il. Que faire ? se répète-t-il dans le silence de sa gorge, puis il tente de crier en espérant que ces mots résonnent sur ses lèvres, dans la chambre, au pied de la montagne, au-dessus de la ville… Mais aucun son, aucune réponse.

Que faire, cela doit être dit sans point d'interrogation. Ce n'est pas une question, mais une pensée. Non, ce n'est même pas une pensée, c'est un état. Oui, c'est ça. Un état d'hébétude, un état dans lequel toute question nous étonne au lieu de nous interroger, nous appelle au lieu de nous interpeller.

Que faire.

Cet état, je l'ai déjà connu, je l'ai déjà vu, je l'ai même ressenti dans les yeux d'un âne.

C'était l'automne. Et je n'avais que onze ans.

Comme chaque année, à cette saison, j'accompagnais mon père à la chasse, aux environs de Jalalabad où mes grands-parents possédaient un grand *qal'a* — une forteresse en argile. Le pays n'était pas encore envahi par les Soviétiques, la guerre n'avait pas encore commencé, et mon père s'entendait encore bien avec ses beaux-parents qui détestaient les communistes.

Comme d'habitude, nous avons pris un âne pour porter nos affaires de chasse, et nous guider dans les vallées et le désert sans repères. Après un long chemin, nous sommes arrivés à un immense champ de roseaux entourant un grand lac. Un lieu idéal pour chasser les oiseaux migrateurs. Nous avons attaché l'âne au seul arbre mort qui se trouvait non loin du champ.

Au bord du lac, nous avons aménagé un abri pour nous embusquer et attendre les oiseaux. Il était encore tôt. En attendant, mon père a entamé une petite sieste.

Le vent, doux, caressait les roseaux, et les faisait siffler. Je percevais un air harmonieux, paisible, endormant. Je me suis assoupi, lentement, longuement. Et lorsque j'ai ouvert les yeux, le crépuscule avait déjà englouti le champ dans une brume étrange, triste et inquiétante.

Mon père, tout excité, guettait le ciel, en

disant qu'ils n'allaient pas tarder, les oiseaux migrateurs. Plusieurs fois il a vérifié son fusil.

Les minutes s'écoulaient, la nuit tombait, mais aucun son, aucun signe dans le ciel.

Le silence.

Le vide.

Soudain, le braiment de l'âne a envahi le champ ; faible au début ; puis, de plus en plus fort, effrayé, effrayant.

Mon père m'a ordonné d'aller voir ce qui se passait. J'ai hésité ; j'avais peur. Il m'a grondé pour que j'aille faire taire l'animal, sinon les oiseaux ne se poseraient pas. Je suis parti, sang gelé dans les veines. À la lisière du champ, j'ai été terrorisé à la vue de deux loups qui grognaient tout en tournant autour de l'âne avant de l'attaquer. Piégé, l'âne ne pouvait que braire.

Paniqué, j'ai couru avertir mon père. Fusil à la main, il s'est rué à travers les roseaux, en furie. D'abord, il a essayé d'éloigner les loups en leur jetant des cailloux. Mais ils se sont retournés contre nous. Leurs yeux luisants leur donnaient une allure terrifiante. Plus terrorisé qu'avant, je me suis caché derrière mon père qui a armé son fusil dans leur direction. Au moment où ils s'apprêtaient à nous attaquer, un coup de feu a retenti, et l'un des loups est tombé à terre en râlant. L'autre loup s'est arrêté, mais mon père l'a mis en joue ; la bête a reculé, puis s'est enfuie.

L'âne continuait à braire.

Il fallait quitter cet endroit au plus vite, avant que les autres loups n'arrivent en meute. Alors que mon père était reparti dans les roseaux pour chercher nos affaires, je me suis précipité pour calmer l'âne en le caressant, et en dénouant son licou. Il s'est tu, enfin.

Tout en harnachant l'animal, mon père surveillait le ciel et les alentours, rouspétant et maudissant ce putain de ciel, saleté !

Nous sommes partis.

La nuit tombait, la lune brillait, l'âne avançait, et nous derrière lui. Mon père éclairait de temps à autre le chemin à l'aide de sa torche. Nous avons gravi une colline ; au sommet, l'âne s'est arrêté. Mon père l'a frappé sur la croupe, mais l'âne refusait d'avancer. Il regardait le chemin avec incertitude. Mon père lui a donné un autre coup, plus fort ; et, cette fois, l'âne s'est remis en route, lentement. J'avais peur que nous ne nous perdions ; mon père m'a rassuré, l'âne connaissait bien son chemin, le village ne devait pas être loin, peut-être à une heure de marche.

Lorsque nous sommes descendus de la colline, nous avons trouvé un autre champ, puis une autre colline. Arrivé au sommet, l'âne s'est à nouveau arrêté. Les coups l'ont contraint à descendre la pente, malgré lui.

Au pied de la colline, devant nous, s'ouvrait encore un champ immense avec, en son centre, un arbre isolé vers lequel l'âne s'est dirigé sans hésiter. Quand nous nous en sommes approchés, nous avons remarqué, dans le clair-obscur, le cadavre d'un animal sur lequel veillait un autre. Mon père a allumé la torche. C'était le cadavre d'un loup. Le second loup a relevé la tête. Épouvantés, nous nous sommes immobilisés. Mon père a chargé son fusil. L'âne s'approchait des loups, sans crainte. Le loup s'est avancé vers lui en poussant un gémissement. Au moment où mon père le visait, il a pris la fuite.

L'âne a longé le cadavre et s'est arrêté au pied de l'arbre. La torche a éclairé d'abord le corps de l'animal, puis l'arbre, enfin les environs. Tous deux, nous fûmes d'abord surpris, puis pétrifiés de nous retrouver au même endroit que tout à l'heure, là où mon père avait tué le loup. D'une voix tremblante, j'ai demandé à mon père pourquoi cet âne nous avait ramenés au même point. Il n'en avait pas la moindre idée. Hagard, il s'est dirigé vers l'âne. Il l'a frappé sur le dos pour le faire bouger. Mais l'âne restait inerte. Regard incrédule. Mon père a pris le bâton, et, en me passant la corde, m'a ordonné de tirer. Vainement. L'animal avait décidé de ne plus avancer. Je le lisais dans ses yeux éteints, las. Je l'ai caressé, l'ai supplié. Toujours rien. Mon père, de plus en plus énervé, m'a donné le bâton, a repris la corde, et m'a crié de frapper l'âne, sur la tête, sur le dos.

Mais je n'en avais pas le cœur. Mes coups sans conviction exaspéraient mon père, qui vociférait et m'insultait. Sa voix et les hurlements des loups s'entremêlaient et résonnaient dans la plaine. Au bord des larmes, je me suis mis à frapper l'âne avec une rage impuissante. Rien à faire. Découragé, épuisé, j'ai tout abandonné, et j'ai éclaté en sanglots. Mon père a lâché la corde de l'âne et lui a cogné le crâne avec la crosse du fusil. L'animal s'est écroulé. Désormais, impossible de le faire lever. Tout semblait vain : mes larmes, les cris des loups qui s'approchaient de plus en plus, les ordres orageux de mon père qui a repris le bâton pour enfoncer sa pointe dans la chair de l'âne, en jurant que s'il ne bougeait pas, il lui mettrait le canon dans le trou de cul, et qu'il l'exploserait. Mais l'âne, toujours impassible, immuable, est resté couché. Mon père, hors de lui, a levé le fusil pour le viser. Sans aucune réaction, l'animal fixait mon père.

Mes sanglots se sont étouffés. Seuls les hurlements des loups brisaient le silence. Dans la main de mon père, le fusil tremblait. J'ai fermé les yeux, et n'ai entendu que la détonation d'une balle, puis les cris affolés des oiseaux qui s'envolaient à travers le champ de roseaux. Le sang a giclé du front de l'animal. Ses yeux résignés se sont ouverts un instant avant de se refermer avec douceur, comme soulagés. Puis un silence absolu. Plus aucun bruit d'oiseau ni hurlement de loup. Tout semblait figé sur la toile noire de la nuit.

Une fois sa colère apaisée et ayant retrouvé ses esprits, mon père a introduit à la hâte une balle dans le fusil ; nos affaires sur son dos, il s'est mis en route, en me sommant : « Rassoul ! Viens, bouge ! Rassoul ? »

Cette étrange histoire, que Rassoul a baptisée *Nayestan* — Le champ de roseaux —, hante son esprit. Elle vit en lui, silencieusement, religieusement. Son père aussi la racontait en boucle, n'importe où, n'importe quand, à n'importe qui. Et à chaque fois, il demandait à Rassoul de lui remémorer les détails qu'il oubliait. En réalité, c'était pour le prendre à témoin de la véracité de cette incroyable aventure. Mais Rassoul évitait de jouer le jeu. Il lui arrivait souvent de quitter l'endroit dès que son père entamait son récit. Non qu'il en eût assez. Non. Il voulait que cette histoire reste un secret entre son père et lui. Pourquoi ? Il n'en avait aucune idée. Et il n'a toujours pas la réponse. Cependant, il se la raconte souvent du début à la fin. Et à chaque fois il ajoute un détail, en enlève un autre. De temps en temps, il s'arrête longtemps sur un moment ou sur une image correspondant à son état d'âme. C'est pour cela qu'il n'a jamais voulu l'écrire, la figer sur un papier. L'écrirait-il, l'histoire serait sans failles, sans détails, morte. D'ailleurs, il ne sait plus distinguer ce que son père y a ajouté et ce que lui y a introduit, ce qui est vrai et ce qui est faux, ce qui relève de ses souvenirs et ce qui appartient à ses rêves… Peu importe. Ce qui est étrange en ce moment, c'est qu'il pense au regard de l'âne. Que cachait-il derrière ce regard stupide ?

Tout. Ce regard perdu, innocent, incrédule, l'interpellait : « Mais pourquoi je me suis perdu ? Pourquoi je ne trouve plus mon chemin ? Où est la voie ? N'est-ce pas le chemin que je prenais habituellement ? Qu'est-ce qui se passe ? Pourquoi je ne le reconnais plus ? Pourquoi cette piste m'est-elle étrangère ? Est-ce à cause de la nuit ? Ou peut-être est-ce la peur ? Ou la fatigue ? Ou le doute ? » De ne pas trouver de réponse, ces questionnements se sont transformés en étonnement. Au diable, les causes. L'âne était là, perdu. Et il savait qu'il ne retrouverait plus jamais le chemin. Alors, il ne lui restait qu'à geindre : « Que faire », sans point d'interrogation.

Que faire. Rassoul se redresse. Le pistolet tombe de sa poitrine trempée de sueur. Son cœur bat, à la folie, comme s'il allait éclater, battre au-dehors, à côté de l'arme.

Tremblante, sa main saisit le pistolet, le pointe à la racine de son nez, entre les yeux. Son doigt presse sur la détente. La balle n'est pas engagée, ça il le sait ; il veut simplement s'entraîner, savoir si c'est facile de se tirer une balle dans la tête.

Oui, c'est même très facile. Il suffit de fermer les yeux.

Il ferme les yeux.

Ne plus penser. Ne plus penser à rien. Ni à personne. Même à son ennemi, à sa haine, à sa défaite.

Il n'y pense plus.

Se concentrer sur le pistolet. Son âme est la balle ; son corps, la détente. Le reste n'est que le geste, simple comme un jeu. Voilà, c'est ça, simple comme un jeu. Un jeu sans compétition. Sans adversaire. Il faut tout bonnement croire au jeu, à son propre jeu. Et ne penser qu'au geste. À rien d'autre. Ni à la vérité du jeu ni à sa vanité. Tout ce qu'il y a à faire, c'est de bien l'exécuter, d'en respecter les règles. Et de ne pas tricher.

Maintenant, il faut charger la balle, replacer le pistolet entre les yeux.

Il est lourd, le pistolet.

C'est sa main qui faiblit.

Il a soif.

Il ne faut pas penser à l'eau non plus. Dire que c'est un jeu, et quand c'est fini, on se lève et on boit de l'eau.

On ferme les yeux.

Et on tire.

Tu meurs donc ?

Oui, je meurs. Je meurs avec un trou entre les deux yeux d'où jaillit un filet de sang qui ruisselle sur le matelas, puis sur le kilim, pour finir dans un creux du sol où il forme une flaque rouge. Le coup de feu a retenti dans la chambre, dans la cour, puis dans la ville. Il a dû réveiller Yarmohamad. Il croit que quelqu'un a tiré dans la rue, devant sa maison. Il se retourne sur son lit. Rona, inquiète, insiste pour qu'il vérifie si l'on n'a pas tiré dans la maison, sur moi. Il s'en fout, Yarmohamad. « Enfin débarrassé », marmonne-t-il, en s'entortillant davantage dans le drap.

À l'aube, après sa prière, il viendra silencieusement derrière la porte de ma chambre.

Pourquoi viendra-t-il ?

En effet, pourquoi viendra-t-il ? Il ne viendra pas. Mon cadavre restera ici. Il pourrira. Toutes les mouches me recouvriront. Et au bout de deux ou trois jours, ça sera la puanteur qui fera venir Yarmohamad. Il ne percevra d'abord que du silence. Il frappera une fois. Pas de réponse. Il poussera la porte qui s'ouvrira d'elle-même d'un bruit sec. Découvrant mon cadavre ensanglanté, il sera frappé de panique. Affolé à l'idée qu'on l'accusera du meurtre de son locataire. Voyant le pistolet dans ma main, il comprendra que je me suis suicidé. Il courra prévenir Razmodin.

Et après ?

Rien. On comprendra que mon suicide est mon dernier soupir face à ce monde qui ne me répond plus, ne me surprend plus.

Mais, Rassoul, qui peut admettre que tu as commis un tel acte ? Personne. Ni Yarmohamad ni Razmodin. Tu sais très bien que le suicide n'appartient pas à ta culture. Et tu sais bien pourquoi.

D'abord, pour se suicider, il faut croire à la vie, à sa valeur. Il faut que la mort mérite la vie. Ici, dans ce pays, aujourd'hui, la vie n'a aucune valeur et, du coup, le suicide non plus.

Ensuite, le suicide est considéré comme une rébellion ingrate contre la volonté d'Allah. C'est pour lui dire : « Tiens, je te la rends avant que tu me la demandes, cette saleté d'âme que tu as introduite dans mon corps innocent ! » C'est lui prouver que l'on a plus de pouvoir que lui, que l'on n'accepte pas d'être son esclave, son *banda*. Le suicide, c'est rendre l'âme, sans gratitude.

Ton cadavre, avant d'être enterré, recevra des coups de fouet. C'est la raison pour laquelle personne n'admet le suicide. Tout suicide est déguisé en assassinat. Tu ne seras qu'une victime, un *shahid*, un martyr parmi tant d'autres. Toi qui voulais atteindre au « surhomme ».

Être *shahid* ? Ah, non ! Aujourd'hui c'est le credo de tout le monde. C'est sans valeur. Il faut que le monde entier sache que je me suis suicidé.

Alors, va te mettre au milieu d'un carrefour, fais ton discours et tire-toi une balle dans la tête, devant témoin. Ainsi tout le monde le saura. Mais, même là, personne ne comprendra la charge théorique de ton acte. Chacun donnera sa version. L'un dira : « Il était malade » ; l'autre : « Il fumait beaucoup de haschisch » ; encore un autre : « C'est le remords. Il s'était mal comporté vis-à-vis de sa famille ! » ; ou : « Il regrettait d'être un collaborateur, un communiste, un traître ! » ; et, si l'on découvre un jour que c'est toi l'assassin de *nana* Alia, on dira que ta mauvaise conscience t'a conduit à cet acte. Oui, personne ne dira que tu t'es suicidé parce que tu étais arrivé au bout, que tes questions n'avaient plus de point d'interrogation, que tout ton questionnement n'était plus que ton étonnement face à l'absurdité soudaine de la vie. Personne ne dira que tu as tué une créature néfaste, une *bête nuisible* pour atteindre le rang des « grands hommes », et prendre place dans l'Histoire. D'ailleurs, n'oublie pas qu'aujourd'hui, ici, dans ce pays, tout le monde veut atteindre ce rang. Tout le monde se bat pour devenir *ghazi*, s'il tue, *shahid*, s'il est tué. Tes proches feront de toi un *ghazi*, puisque tu as exécuté une maquerelle, et un *shahid*, parce que sa famille t'a assassiné pour la venger. Sur ta pierre tombale, on écrira : « *Shahid* Rassoul, fils d'Ibrahim », que tu le veuilles ou non.

Non. Je ne le veux pas.

Alors, pose le pistolet.

Ainsi, je n'ai même pas la liberté de me suicider ?

Non.

Dieu, comme disait Dostoïevski, existe-t-il vraiment pour que l'homme ne se suicide pas ?

Ça y est, c'est reparti ! Non, Rassoul, lui, il pensait à autre chose. Ton Allah à toi n'admet le suicide que pour témoigner de son existence et de sa grandeur. En dehors de ça, tout suicide lui vole le nom d'*Al-moumît*, celui qui donne la mort.

Le pistolet glisse de ses mains.

C'est donc fini. Il ne se suicidera pas, il ne peut pas. Le suicide ne demande qu'une chose : le geste, et rien d'autre. Pas de pensées, pas de mots, pas de remords, pas de regrets, pas d'espoirs, pas de désespoir…

L'aube, plus audacieuse que Rassoul, envahit le ciel, et cueille un par un les astres.

Et le sommeil, plus envahissant que l'aube, gagne le corps harassé de Rassoul.

Un bruissement, doux et gracieux, ondoie dans la chambre, tout près de lui. À travers ses paupières entrouvertes, une image floue se dessine : le visage éthéré d'une jeune femme aux yeux ronds. Elle chuchote : « Rassoul ? » C'est un beau rêve. « Rassoul ! », la voix s'inquiète, résonne plus fort, et oblige Rassoul à ouvrir grands les yeux. « Tu vas bien ? »

Souphia ? Depuis quand est-elle là ? Quelle heure est-il ? Engourdi, Rassoul fixe son réveil russe qui ne marche toujours pas — et cela depuis longtemps, il le regarde par habitude, par « absurdité chronique », comme il le dit.

Il se redresse et se tourne vers la fenêtre. Le ciel est encore enfumé, chargé de cendres. Le soleil ne sait plus par où passer. Il ne passera pas. Il attend que la Terre tourne.

« Qu'est-ce qui se passe ? » lui demande Souphia, le dévisageant toujours avec inquiétude. La main de Rassoul s'empare du pistolet, le soulève. « Depuis quand tu portes une arme ? »

interroge-t-elle avec méfiance. Il remet le pistolet par terre pour prendre une cigarette qu'il allume, fait semblant de ne pas avoir envie de lui répondre, afin de dissimuler son aphonie, même si c'est minable. « Ma mère m'a raconté pour ton père, Dieu ait son âme. Mais pourquoi n'as-tu rien dit ? Pourquoi n'es-tu pas allé à l'enterrement ? » Elle prend les mains de Rassoul, « maintenant je comprends ta tristesse, ton silence… » Non, Souphia, tu ne comprends rien. Tu poses des questions, alors que tu sais que la mort de son père n'a aucune importance pour lui. Voilà longtemps qu'ils n'avaient plus de relation. Ni père ni fils. Il te l'avait dit. Il est seulement inquiet pour sa mère et sa sœur. Il doit les sauver. Mais cela aussi est une autre histoire. Rassoul ne pense qu'à une chose : Où étais-tu cette nuit ? Fouille son regard. Écoute son silence.

« Rassoul, j'ai repris mon travail chez *nana* Alia. » Ça, il le sait. « Je te jure que je t'aime, mais je suis obligée de travailler. Et si je ne travaille pas, qui le fera pour nous ? Ma mère ? Mon frère ? Tu connais notre vie. Je te jure, quand Nazigol est venue hier soir, ma mère s'est jetée à ses pieds pour qu'elle l'emmène à ma place. Elle n'a pas voulu. On ne veut pas d'elle. »

On ne veut pas d'elle ?

C'est qui ce *on* ?

Souphia étouffe un sanglot et poursuit : « La dernière fois que tu m'as dit que je ne devais pas travailler là-bas parce que les gens allaient jaser, je n'y suis pas allée. Qu'est-ce qui s'est passé ? Une semaine de famine, une semaine de misère. Cette semaine-là, qui s'est préoccupé de nous ? » Elle fond en larmes. « On ne peut rien attendre de toi, non plus. Maintenant tu as, en plus, la charge de ta mère et de ta sœur. Toi aussi tu as besoin d'aide. Alors, comprends-moi. Je sais que c'est difficile pour toi de l'accepter, mais dis-moi, Rassoul, est-ce que j'ai un autre choix ? » Non, elle n'a pas d'autre choix. Et toi, Rassoul, comme elle te le dit, tu n'as plus rien à lui donner. Tu es vide. Tu n'es rien. Incapable de te suicider, incapable de te sauver, ni de protéger ta sœur et ta mère ; alors tu en as encore moins à faire de Souphia et de sa famille. Tu n'as pas honte de ton incapacité, de ton inertie, mais tu te sens déshonoré, humilié de ce que fait Souphia. Elle, elle est plus innocente, plus pure, plus digne que toi. Jette-toi à ses pieds, et dis à voix haute : « *Ce n'est pas devant toi que je m'incline, c'est devant toute la souffrance humaine que je m'incline.* » Vas-y !

Il tremble.

Voyons, tu n'es même pas capable de dire la plus magnifique phrase de ton héros Raskolnikov, alors que tu ne cesses de feindre son audace. Quel misérable !

Ses mains se rejoignent, se serrent, comme pour prier. Sa tête s'enfonce dans ses épaules. Il se tord. Il se brise. Il se rend compte que la dignité n'est ni un ridicule honneur viril ni une absurde morale tribale, qu'elle est tout simplement dans la volonté d'un être lorsqu'il assume sa faiblesse, et la fait respecter, que…

« D'où vient cet argent ? » demande Souphia en lui tendant la liasse de billets qu'il a donnée à Daoud.

Là, Rassoul, tu dois écrire. Tu ne peux pas te taire, laisser Souphia dans l'incertitude. Elle finira par croire que c'est de l'argent que tu as volé à *nana* Alia, sans doute. Nazigol et elle ont dû remarquer que tu te comportais bizarrement l'autre jour, que tu te rendais suspect.

Oui, je vais tout lui écrire. Cet argent vient de la vente de Donia, ma sœur, par ma mère à un commandant. C'est le prix de ma lâcheté !

De plus en plus nerveux, il se redresse pour chercher du papier et un crayon. Souphia le suit de son regard curieux : « Cet argent, tu en as besoin pour ta mère et ta sœur… » Rassoul retrouve le cahier de Souphia. « Je t'aime, Rassoul. Mais je ne peux pas vivre avec toi. Ou, plutôt, toi, tu ne peux pas vivre avec moi », dit-elle en se levant pour ramasser son *tchadari* et partir. Mais, avant qu'elle ne franchisse la porte, Rassoul l'arrête et lui tend son cahier. « C'est quoi ? C'est… », elle hésite, « c'est mon cahier ? » Oui. « Mon cahier ! » s'exclame-t-elle avec un vague sourire timide, empli de souvenirs. Rassoul lui fait signe de l'ouvrir. Elle l'ouvre. Lui se précipite et lui indique la dernière page, qu'elle lit, relit, en marmonnant ; puis elle répète à haute voix : « *Aujourd'hui, j'ai tué* nana *Alia* », lève la tête, pas sûre d'avoir compris. Elle s'approche de Rassoul, « Ça veut dire quoi ? » Il lui désigne du doigt la phrase suivante, « *Je l'ai tuée pour toi, Souphia* », qu'elle lit ; puis la suite : « *Souphia, je ne t'ai jamais embrassée. Tu sais pourquoi ?...* » Elle referme le cahier, baisse les yeux comme pour chercher ailleurs que sur les lèvres de Rassoul le sens des mots. « C'est un poème ? » demande-t-elle avec candeur. Non, j'ai tué, il peine à esquisser le geste, vainement. Il la regarde droit dans les yeux, avec rage, une rage sourde face à son incapacité à dire tout. « Arrête de me regarder comme ça ! Tu me fais peur. Dis-moi ce que c'est ? » Vas-y Rassoul, écris que tu as perdu la voix. « Pourquoi tu ne dis rien ? Tu as vraiment décidé de ne plus parler ? »

Désemparé, il fait « oui », et retourne sur son lit. Sa main hésite à prendre le crayon et à écrire. Quelque chose l'en empêche. Quelque chose de cynique. Il ignore encore d'où vient ce ressentiment. Probablement le fait que son silence agace tout le monde, surtout ses proches. Pourtant il voudrait bien raconter à Souphia, dans les moindres détails, comment lui est venue l'idée d'assassiner *nana* Alia. C'était le jour où ils se sont disputés, il y a une semaine. Ensuite, il est allé au salon de thé. Il a entendu deux miliciens parler de *nana* Alia, de cette saleté de pute qui n'était pas uniquement usurière. Elle faisait travailler les jeunes filles, soi-disant pour le ménage, mais en réalité elle les mettait dans les bras de ses clients. Alors Rassoul a compris pourquoi elle voulait que Souphia travaille aussi la nuit, tard. Il ne l'a pas supporté. Oui, c'est ce jour-là qu'il a eu l'idée. Le lendemain…

« Non, tu ne peux pas… », murmure-t-elle, « Tu ne peux pas tuer », répète-t-elle comme si elle avait déjà entendu tout le récit de Rassoul. Elle n'y croit pas, et n'y croira jamais. Tout ce qu'il peut dire, ou plutôt écrire, ne sera que des bobards.

Oui, ton histoire n'est qu'un ridicule pastiche de *Crime et châtiment* que tu lui as raconté cent fois, et rien d'autre.

Abattu, il regarde désespérément Souphia, il aimerait lui demander pourquoi elle n'y croit pas.

Mais comment y croire ?

Il n'y a aucune preuve. Personne n'en parle. Personne n'a vu le cadavre de *nana* Alia, sinon Souphia aurait entendu.

Justement, il faut qu'elle m'aide à percer ce mystère.

C'est un mystère pour toi, mais pas pour elle. Pour elle ce meurtre est sans importance.

Pensive et soucieuse, elle s'approche de lui. « Rassoul, dis-moi quelque chose, un mot ! Je t'en supplie. » Qu'est-ce qu'elle veut entendre ? Il n'y a plus rien à dire. « Tu l'as vraiment tuée ? » Oui. « Et tu l'as vraiment tuée pour moi ? »

Il s'accroupit sur son matelas et se cache le visage entre les genoux. Souphia se penche vers lui et lui caresse les cheveux. « Oh, Rassoul, tu m'aimes à ce point ? »

Oui, il t'aime.

Elle lui étreint la tête dans ses bras. Elle a envie de pleurer.

Peut-elle vivre avec un assassin ?

Comment le savoir ? Elle ne dit rien, elle non plus.

Si, en gardant le silence elle dit beaucoup de choses. Elle dit que ces derniers temps, chez *nana* Alia, elle ne rencontre que des voleurs, des criminels, des assassins, à côté desquels Rassoul n'est qu'une fourmi innocente. Un rien.

Un rien ! se répète-t-il, se lovant davantage dans les bras de Souphia. Et il attend.

Il attend que Souphia lui ordonne : « *Va, tout de suite, à la minute, mets-toi à un croisement, incline-toi, embrasse d'abord la terre que tu as souillée, et puis, incline-toi devant le monde entier, aux quatre directions, et dis, à haute voix : "J'ai tué !"* »

Cela ferait du bien d'entendre ça. Mais Rassoul, n'oublie pas qu'elle n'est pas Sonia, la bien-aimée de Raskolnikov. Souphia est d'un autre monde. Elle sait que si tu fais ce geste, dans cette ville, on te prendra pour un fou.

« Allez, viens ! » dit-elle en se détachant de Rassoul, et, d'un élan déterminé, elle se précipite vers son *tchadari* et l'enfile. « On va au mausolée de Shahé do Shamshiray Wali. » Mais… pourquoi ? « Allons-y, tous les deux, pour prier. Retrouve foi en Allah ! Fais *tobah* ! Dis-lui que tu as tué en son nom, Il te pardonnera. Il y en a tant qui ont tué en son nom ; tu n'en es qu'un parmi eux. »

Mais je n'ai pas tué au nom d'Allah. Et je n'ai pas besoin qu'Allah me pardonne.

Alors, tu veux quoi ?

Qu'elle revienne à moi !

Alors, va avec elle, suis-la !

Il la suit.

Enveloppée dans son *tchadari* bleu ciel, elle le précède de deux pas. Ils traversent la grande rue qui mène au mausolée de Shahé do Shamshiray Wali, au bord de la rivière de Kaboul. La ville respire toujours l'air soufré de la guerre. Elle halète.

Ils entrent dans la cour du mausolée, parmi des pèlerins. Devant l'entrée du tombeau, Souphia retire ses chaussures et les range à côté des autres, sous les yeux d'un homme basané qui monte la garde. Rassoul reste dehors. Il cherche de l'ombre au pied de l'*arbre à vœux* dont les branches sont ornées de centaines de bouts de tissus colorés. Une vieille femme se redresse avec beaucoup de peine pour y nouer un ruban vert. À ses pieds, un vieillard assis observe les pigeons qui traînent au milieu des graines sans aucune envie d'en picorer.

Après avoir réussi à nouer son ruban, la vieille

femme s'assied, triomphante, à côté du vieillard. « Mon fils viendra à moi, c'est sûr ! » Le vieux ne l'écoute pas, il est préoccupé par les pigeons. « Ne leur donne pas de blé ! » dit la vieille sur un ton teinté de reproche. « Ils ne mangent que du blé. Les gens ne comprennent pas, ils leur apportent du millet. Regarde ! » s'exclame le vieux en jetant une poignée de blé aux pigeons qui se précipitent dessus. « Tu vois ?

— C'est un péché !

— Pourquoi un péché ?

— Donner du blé est un péché.

— D'où est-ce que tu sors ça ?

— Du Coran.

— Ah bon ?

— Oui, c'est à cause du blé que *Hazraté* Adam et *Bibi* Hawâ ont été chassés du paradis.

— Tu me montreras les versets qui parlent de ça.

— Je te l'ai dit, c'est un péché.

— Mon péché ou leur péché ?

— Ton péché, c'est toi qui donnes du blé.

— Je m'en fous. Ils n'ont qu'à ne pas manger. Eux aussi, ils ont leur libre arbitre. » Il se marre et se tourne vers Rassoul : « Rien à foutre du péché, quand on a faim ! Pas vrai ? » Il se penche vers lui, « Entre nous, s'ils n'avaient pas faim, *Hazraté* Adam et *Bibi* Hawâ, auraient-ils mangé du fruit interdit ? Non.

— Ne dis pas ça ! Ne fais pas de péché, pas de péché… » insiste la vieille. « Pourquoi tu restes là à partager mon péché ? Tu voulais faire ton vœu, tu l'as fait. Ton fils viendra à toi. Alors pourquoi tu restes ? Rentre à la maison. »

La femme ne bouge pas.

« Le blé les engraisse. Après tout, un gros pigeon vaut mieux qu'un maigre. Tu sais pourquoi ? » demande le vieux à Rassoul ; puis, après une pause, non pas tant pour attendre une réponse que pour souligner ce qu'il va dire : « Non, tu ne le sais pas... » Il observe Rassoul. « Tu es de Kaboul ? » Oui. « Tu n'es pas d'ici, sinon tu m'aurais compris. » Il sort encore une poignée de blé de sa poche et tend le bras pour que les pigeons mangent dans sa main. « Venez, venez ; venez par ici ; venez pour grossir », et demande à Rassoul : « Tu viens souvent à ce *zyarat* ? » Non. « Tu as raison. Moi je viens tous les jours. Mais pas pour prier, ou faire un vœu. Loin de moi. Moi, je ne cherche pas Allah dans les tombes ! Il est là », et il se frappe sur la poitrine, « dans mon cœur ! » Il s'approche de Rassoul pour se faire entendre : « Tu sais, les communistes se sont acharnés pendant dix ans à détourner ce peuple d'Allah ; ils n'ont pas réussi. Par contre les musulmans, en un an, l'ont fait ! », et il rit. Un rire malicieux, silencieux. « Tu vois, tous ces barbus qui, toute la journée, prient et se lamentent sur la tombe de Shahé do Shamshiray Wali, le soir ils font ce que les impies ont fait à ce Saint. Tu connais l'histoire de ce Saint ? » Une nouvelle pause, encore, pour appuyer ce qu'il va dire : « Non, tu ne sais pas. Je vais te le dire : il était parent d'un oncle du Prophète. C'est sa sainte tombe. Leys Ben Gheys, le Roi aux deux sabres ! Il est mort ici en martyr. Il est venu convertir notre pays à l'islam et il a été tué. Quand il se battait avec les infidèles, on lui a coupé la tête ; mais ce Saint, une épée dans chaque main, a continué de se battre. » Il s'arrête pour apprécier cette épopée dans le regard de Rassoul. Interloqué par l'impassibilité de ce dernier, il s'approche davantage, baisse la voix comme pour lui dévoiler un secret et l'impressionner : « Aujourd'hui, les mêmes qui prient ici dans la journée organisent le soir des cérémonies qu'ils appellent la *danse des morts*, tu sais ce que c'est la *danse des morts ?* », il s'arrête, regarde Rassoul et insiste : « Non, tu ne sais pas. Je vais te le dire : on coupe la tête de quelqu'un et on asperge la plaie d'huile brûlante. Le pauvre corps sans tête s'agite, sautille. On appelle ça la *danse des morts*. Tu en avais entendu parler ? Non, tu ne savais pas ! » Mais si, mon vieux, Rassoul n'a pas entendu que cette histoire, il en a entendu d'autres, encore pires.

Désespéré, le regard de l'homme se perd dans les grains de blé qu'il tient dans sa main tremblante. De ses lèvres exsangues jaillissent des mots : « Tu sais... pourquoi ils font ça ? » Non, fait Rassoul en interrogeant l'homme du regard avec ironie comme pour le devancer : « Mais tu vas me le dire. » L'homme cherche ses mots, puis reprend : « N'ont-ils pas peur d'Allah ? » Si. Et c'est pour cela qu'ils le font. « Toi, tu es capable de commettre une telle atrocité ? » Oui.

Le geste de Rassoul surprend l'homme. « Tu en es capable ? Tu n'as pas peur d'Allah ? » Non.

La main du vieux s'agite. Les grains de blé tombent à terre. « *Lâhawlobellah*... Tu n'as pas peur d'Allah ! », et il récite à nouveau sa profession de foi. « Tu es musulman ? » Oui.

L'homme se replonge dans ses pensées et en ressort quelques secondes plus tard, encore plus désespéré : « En effet, après tout ce que je viens de te raconter, il faut avoir peur de qui ? De l'homme ou d'Allah ? » Et il se tait.

Surpris du temps que Souphia consacre à ses prières, Rassoul laisse le vieillard avec ses doutes et se lève pour aller lentement vers le tombeau. Du portail, il jette un regard à l'intérieur. Quelques femmes gémissent, s'accrochent aux barreaux qui entourent la tombe. D'autres, assises, prient silencieusement. Souphia n'est pas là. Il retourne près du gardien, cherche ses chaussures, qu'il a du mal à repérer.

Il jette encore un regard vers l'intérieur. Aucune trace d'elle. Dehors, non plus.

Que s'est-il passé ? Ce cœur, qui s'était ouvert à nouveau, pourquoi s'est-il renfermé si vite ? L'a-t-elle amené ici pour s'éloigner de lui, lui faire ses adieux, sans un mot ?

Adieu, Souphia !

Et il aspire une grande bouffée de haschisch qu'il garde dans ses poumons le plus longtemps possible.

Adieu, Souphia ! Tu es partie avec le seul secret que j'avais en moi.

Adieu !

Encore deux, trois bouffées, puis il quitte la *sâqikhâna*.

Je n'y reviendrai plus jamais. Je vais m'enfermer dans ma chambre, sombre comme une tombe, sans dimension, sans issue. Je ne mangerai plus. Je ne boirai plus. Je ne quitterai plus mon lit. Je me laisserai emporter par un sommeil sans fin ; sans images ni pensées. Et cela jusqu'à ce que je ne sois plus rien. Un rien dans le vide, une ombre dans l'abîme, un cadavre immortel.

Arrivé dans la cour, il trouve Daoud, assis sur une marche d'escalier. « Bonjour, Rassoul. Ma mère m'a envoyé te chercher. Souphia ne va pas bien. Elle s'est enfermée dans sa chambre et ne veut plus voir personne. »

C'est elle qui est tombée dans mon abîme.

Il dévale les marches, traverse la cour à grands pas, court au long des rues… Essoufflé, il arrive à la maison, devant la chambre de Souphia. « Elle pleure. Elle ne dit rien. Elle s'est enfermée… » lui dit la mère. Elle frappe à la porte. « Souphia ! Rassoul *djân* est venu. » Un long silence, puis le bruit d'une clé dans la serrure. La mère ouvre la porte, laisse entrer Rassoul en premier.

Souphia regagne son lit, s'assied, recroquevillée, la tête contre les genoux. Le silence est oppressant, la mère sent qu'elle gêne le couple. Elle s'en va en jetant un dernier regard vers Rassoul, un regard accablant. Est-ce que Souphia lui a tout dit ?

Non, c'est impossible. Elle garde mon secret. Elle le garde non seulement pour me protéger, mais aussi pour ne pas faire souffrir sa mère. Elle ne veut pas partager mon abîme avec quelqu'un d'autre. Mais il ne faut pas qu'elle s'y enfonce, qu'elle en souffre. Je vais l'en sortir.

Il s'agenouille près d'elle et, après une brève hésitation, caresse timidement sa main.

N'aie pas peur, Souphia. Je ne suis pas un criminel comme les autres. Je suis…

« On m'a chassée du mausolée ! » dit-elle

d'une voix d'outre-tombe. Contrarié, il lui lâche la main. « Il y avait la voisine de *nana* Alia. Quand elle m'a vue, elle est allée voir le gardien qui m'a jetée dehors... » Pourquoi... Le mot fait frémir les lèvres de Rassoul ; il en sort comme un souffle, un souffle silencieux, sans point d'interrogation, tel un cri sourd de désespoir. Désormais, il ne devra pas être surpris de voir les gens toiser Souphia comme une prostituée.

Elle pleure.

Rassoul se sent défaillir. « Je suis partie, discrètement. Sans te prévenir. Je ne voulais pas que tu fasses un scandale », dit-elle, comme si Rassoul en était capable.

Non, Souphia, Rassoul a changé. Regarde-le. Il est perdu, muré dans sa rage piteuse.

Non, si bas qu'il soit tombé, il tient à sa dignité.

Alors bouge, Rassoul, bouge !

Il se lève brutalement et quitte la chambre. Sur la terrasse, près de la fenêtre, il retrouve la mère de Souphia qui, dès qu'elle le voit, tourne la tête pour lui cacher ses larmes.

Dans la rue, aucune ombre. Le soleil traverse la fumée, frappe les têtes avec la toute-puissance de midi.

Rassoul avance, tête baissée. Arrive chez lui, sans savoir comment. La chambre sent horriblement mauvais, c'est le fromage.

Il n'a aucune envie de s'en débarrasser. Il s'empare du pistolet qui traîne toujours par terre. Il le prend, vérifie le chargeur. Il est toujours plein. Il le met dans sa poche et quitte la chambre.

Où va-t-il ?

Nulle part. Il marche. Il va là où le pistolet le mène.

Alors, qu'il ne pense plus à rien !

Il ne pense plus. Il ignore tout.
Il ne voit que son chemin,
ne suit que son ombre écrasée à ses pieds,
ne regarde aucun visage,
n'entend aucun bruit,
n'écoute aucun cri,
ne reçoit aucun rire.
Il marche.
Compte ses pas.

Et maintenant, arrête-toi ici, devant le mausolée de Shahé do Shamshiray Wali !

Tout est calme. Il n'y a plus aucun pèlerin ni mendiant. Rassoul entre dans la cour, s'approche du tombeau. Le parfum de l'eau de rose chasse l'odeur des pigeons, et celle du soufre des armes. Le gardien est assoupi sur un banc à l'ombre de l'*arbre à vœux*. Une main sous son menton, l'autre sur la poitrine. Il a l'innocence d'un enfant endormi. Sa barbe, poivre et sel, tremble de temps en temps, comme celle d'une chèvre avant le sacrifice. Rassoul s'approche de lui. Il sort le revolver, avance encore, et vise le gardien. Son doigt se crispe sur la gâchette. Sa main tremble. Il hésite.

Tuer quelqu'un dans son sommeil, c'est de la

lâcheté absolue. En outre, la mort va être très simple pour lui. Sans souffrance aucune. Il ne doit pas mourir dans l'ignorance de son acte, et dans l'innocence de son sommeil.

Qu'il se réveille, qu'il sache pourquoi je le tue. Et qu'il en souffre !

Il va souffrir, certes, et cela pour quelques instants ; mais il emportera avec lui la raison de sa mort. Et personne ne pourra dire que ce gardien a été exécuté parce qu'il a chassé Souphia du mausolée, qu'il a interdit la maison d'Allah à une « fille publique » qui venait y faire sa prière, y implorer le pardon pour son fiancé... Tu vas donc, Rassoul, commettre encore un meurtre sans aucune conséquence. Encore un coup raté.

Le soleil se faufile à travers les branches et les feuilles de l'*arbre à vœux,* parsemant de taches le corps du gardien, les pieds, les jambes, les cheveux de Rassoul, et le Colt qui tremble dans ses mains... Trempé de sueur, écrasé de doute, Rassoul finit par s'accroupir en face du gardien et, après quelques instants d'inertie totale, il sort une cigarette. Aucun des bruits que produisent ses gestes ne trouble le sommeil du vieillard. Est-il dur d'oreille ? Ou est-ce Rassoul qui est inexistant ?

Il recule, mais, soudain, un bruit feutré derrière lui le pétrifie sur place. Il se retourne brusquement. C'est un chat.

Un chat, au mausolée ? Une étrange présence pour Rassoul qui l'observe s'approcher de lui, frôler son pied de sa queue dressée, et se glisser silencieusement dans l'ombre du gardien qui se réveille doucement. Rassoul sursaute. Il jette sa cigarette et le vise de nouveau, paupières battantes. Le regard ensommeillé de l'homme n'exprime aucune frayeur. Il ne bouge même pas. Peut-être croit-il qu'il rêve. Rassoul s'en approche, lui intime l'ordre de se redresser. Mais l'homme passe la main avec langueur sous le tapis qui couvre le banc, et en sort un bol plein d'argent pour le tendre vers lui.

Cet homme n'a rien compris. Je ne suis pas un voleur. Je suis là pour le tuer.

Il s'avance vers lui, bouge les lèvres sur des mots sourds : « Et tu sais pourquoi je te tue ? »

Non, Rassoul, il ne le sait pas, et il ne le saura jamais.

La main de Rassoul tremble de fureur.

Le gardien ne réagit toujours pas. Il reste impavide. Puis il remet le bol à sa place, sourit et referme les yeux dans l'attente du coup de feu. Rassoul le bouscule avec le canon de son arme. L'homme ouvre de nouveau les yeux lentement. Toujours impassible, même si maintenant le pistolet est pointé sur sa tempe. Son regard, pareil à celui de l'âne de *Nayestan*, dit à Rassoul : « Qu'est-ce que tu attends ? Tire ! Si ce n'est pas toi, c'est une roquette qui me tuera un jour. Je préfère mourir de tes mains, pour avoir préservé la pureté et la gloire de ces lieux saints. Je mourrai en *shahid*. »

Une femme dissimulée sous un *tchadari* bleu

ciel entre dans la cour. Voyant Rassoul avec le pistolet sur la tempe du gardien, elle recule, et fuit.

Lui n'ose toujours pas tirer.

Non, je ne veux pas que cet homme finisse en martyr.

Il jette l'arme.

Et s'en va.

« Va-t'en ! Il n'y a plus rien ici », gronde une voix caverneuse. Mais Rassoul insiste en cognant contre la porte de la *sâqikhâna*, qui s'entrouvre craintivement. « C'est toi, Rassoul ? Mais il faut le dire ! » s'exclame Hakim. « C'est lequel, le Saint ou le Haschischin ? » demande, comme d'habitude, *kâka* Sarwar dont la voix s'échappe avec l'odeur et la fumée du haschisch.

Rassoul entre et trouve une place parmi les hommes assis en cercle, toujours les mêmes, tous observant un silence solennel, regard accroché à la barbe de *kâka* Sarwar qui fume avidement. Rassoul cherche Jalal. Il n'est plus là pour demander si la guerre a commencé. C'est Mostapha qui l'interroge, troublant la langueur du cercle. Les chuts fusent. De nouveau le silence, toujours solennel, face à *kâka* Sarwar. Tout le monde attend qu'il passe le shilom et poursuive son récit interrompu par l'arrivée de Rassoul. « Je dois tout reprendre ?

— Non, continue ! » s'élèvent en chœur les voix. « Mais ce jeune homme n'a rien entendu !

— On lui racontera le début.

— D'accord », et il passe le shilom aux autres. « Où j'en étais ? J'ai perdu le fil du récit…

— Tu te trouvais dans un village.

— Ah, oui. Et quel village ! Avec des maisons en bois sculpté, sans fenêtres, sans portes et sans murailles. J'entendais des voix, mais je ne voyais personne. Les demeures étaient vides. Ou plutôt l'obscurité m'empêchait de distinguer quelqu'un ou quelque chose. Il n'y avait que des voix, rien que des voix, orchestrales, harmonieuses, paisibles. Elles venaient d'une caverne, à moitié en ruine, qui se trouvait à la sortie du village, au pied d'une colline aride, rude, pierreuse. Tous les villageois étaient là. En danse et en transe. Hommes et femmes. Jeunes, vieux, enfants. Les hommes étaient coiffés de feuilles de vigne ; les femmes d'une *shushut*, ornée de cauris et de perles rouges. On distribuait des boissons à tout le monde.

— Ce n'était pas des *kafirs* ?

— Aucune idée. Ils buvaient, tous ; ils chantaient, tous. Ma présence ne les perturbait pas. Comme si je n'existais pas. On m'a même servi à boire, sans rien me demander ; d'abord, un liquide jaune flamme qu'ils appelaient “la scie de pierre” ; ensuite rouge feu, “la lime de pierre”. L'un était acide ; l'autre, âpre. » Il s'arrête de nouveau pour fumer. « J'en ai bu, ce soir-là ! Et personne ne se préoccupait de savoir pourquoi j'étais là. Après avoir identifié leur chef, qui était une femme, je suis allé la voir. À peine lui ai-je dit bonjour qu'elle m'a salué et m'a dit : "Tu t'es égaré, jeune homme ?" Je lui ai timidement répondu par l'affirmative. Avec un sourire accueillant, elle m'a souhaité la bienvenue dans la vallée des *Mots perdus.* Elle m'a demandé où j'allais, d'où je venais. Une fois que je lui ai tout raconté, elle a hoché la tête, m'a proposé un dernier verre de "lime de pierre", et a hélé un vieux pour qu'il m'accompagne jusqu'au village voisin. Le vieux m'a donné une lampe-tempête, et on s'est mis en route. Il marchait vite et d'un pas sûr. Je courais pour éclairer le chemin devant lui, mais il m'a sommé de garder la lampe pour moi-même, lui n'en avait pas besoin. Haletant, je lui ai demandé comment il se faisait qu'ils avaient une femme pour chef. Tout en marchant, il m'a raconté une histoire incroyable que je vous raconterai demain.

— Ah, non ! » protestent-ils, tous. *Kâka* Sarwar se tourne vers Hakim : « Mais j'ai faim.

— On va t'acheter du *kabâb* et du thé. Qui a de l'argent ? »

Personne ne bouge, sauf Rassoul qui sort un gros billet de sa poche et le tend à Hakim.

« Tu ne seras jamais ruiné ! » lui dit *kâka* Sarwar. « Alors je te raconte la suite, à toi. Mais d'abord le shilom ! » On le lui donne ; il fume et le passe à Rassoul. « Cette femme, chef du village, était la descendante d'un grand sage parmi les sages, qui vivait dans un royaume lointain, à une époque lointaine. Il était aveugle, mais capable de lire des manuscrits en caressant seulement les lettres du bout de son doigt. Le malheur l'a frappé le jour où on s'est aperçu que les mots qu'il lisait s'effaçaient du livre, lentement. » Il s'arrête et fixe les visages subjugués. Après avoir respiré profondément, il reprend le shilom. La fumée emporte sa voix : « Les poètes, les savants, les juges… tous étaient pris de panique. Tous cachaient leurs manuscrits dans la crainte d'être lus par ce sage aveugle. Ils obligèrent ainsi le roi à le bannir du royaume. Le sage partit avec toute sa famille en exil, bon gré mal gré. Il vint s'installer dans cette vallée dont je vous ai parlé. Il bâtit une cité où tout le monde apprenait tout par cœur. Ils n'avaient aucun livre, aucun écrit. Parce qu'ils savaient tout. Le livre n'est fait que pour les imbéciles ! » Il s'esclaffe, puis fume, tousse et reprend : « Ils inventèrent une autre langue, impossible à oublier. Dès lors, du monde entier vinrent des conteurs, des poètes, des savants, pour que cette peuplade traduise dans sa langue leurs œuvres, les fasse vivre par sa voix, les éternise dans sa mémoire. Il paraît que même les histoires oubliées — vraies ou fausses, connues et inconnues — revenaient à la mémoire, reprenaient forme, retrouvaient dans cette cité la voix des conteurs… Et cela faisait peur, bien sûr, aux falsificateurs d'histoires, aux faussaires de contes, aux charlatans des secrets, aux imposteurs des sciences, aux politiciens de mauvaise foi… Et un jour, ils vinrent tous au village. L'envahirent, le détruisirent. Ils détruisirent tout! Ils rendirent les enfants sourds. Ils coupèrent la langue des adultes. Mais… ». Une pause, une longue bouffée de haschisch, et la suite : « Mais, ils ne réalisèrent pas que dans cette vallée il n'y avait pas que des êtres humains. Les maisons, les arbres, les rochers, l'eau, le vent, l'air, les oiseaux, les serpents, tout, dans cette vallée, pouvait se souvenir de ce peuple, de son histoire, de sa sagesse, mais aussi de la barbarie des tyrans ! », sa voix s'emporte, tremble, « oui, on peut tout détruire, mais jamais la mémoire, jamais les souvenirs, jamais ! » Il se tait et se retire du cercle pour s'adosser au mur. « Et après ? » demande Mostapha, d'un air envoûté.

« Après, quoi ?

— Ton histoire à toi ?

— Mon histoire à moi ? Ah, oui ! » s'exclame *kâka* Sarwar, en se détachant du mur. Rasséréné, il poursuit : « Mon guide a terminé l'histoire de son chef à l'entrée du village voisin. Il m'a laissé dans un sanctuaire très secret pour que j'y passe la nuit. Au moment de lui rendre la lampe-tempête, de lui serrer la main et de le remercier, je me suis aperçu qu'il était aveugle, mon guide !

— Ça, alors ! » crie Mostapha, ébahi. Un autre jeune objecte : « *Kâka* Sarwar, cette histoire, tu l'as bel et bien inventée. Tu ne l'as jamais vécue. Elle n'est pas vraie !

— Maintenant si, comme disait un sage parmi les sages des pays du Couchant, *puisque je vous l'ai racontée* », rétorque *kâka* Sarwar avec un sourire malicieux. « D'où est-ce que tu sors toutes ces histoires, *kâka* Sarwar ?

— De la vallée des *Mots perdus*, mon garçon.

— Alors, ça existe vraiment », s'exclame Mostapha.

Encore quelques bouffées ; et la langue qui se dessèche, une toux déchirante qui enflamme la poitrine, le sang qui se fige dans les veines, le cœur qui bat avec lenteur, puis tout le corps qui plane.

Alors, Rassoul se redresse, s'appuie contre le mur, et quitte le fumoir.

Au-dehors, la ville est un brasier. Tout ondule dans la chaleur : la montagne, les maisons, les pierres, les arbres, le soleil… Tout tremble de peur. Sauf Rassoul. Il est léger, apaisé. Comme s'il était le dernier homme sur terre, il parcourt les rues, sans pouvoir croiser un seul regard, caresser une seule âme, entendre un seul mot. Il a envie de crier qu'il est le dernier homme, que les autres sont tous des morts, morts pour lui ; puis de se mettre à courir, à rire… jusqu'à ce qu'il arrive sur le pont de Larzanak.

L'explosion d'une roquette, pas très loin, secoue le pont. Mais Rassoul ne bouge pas. Il ne se jette pas au sol. Il est là, debout, comme s'il incitait les tireurs à lui lancer des roquettes.

Allez, tirez ! Je suis là. Et je resterai là, devant vous. Vous, les sourds, les aveugles, les muets !

La poussière envahit la rivière, le pont, le corps, le regard, la voix…

Il reprend son chemin. Passe devant l'hôtel Métropole. À l'intérieur aussi règne le chaos. Les journalistes étrangers, les employés de l'hôtel et les barbus en armes courent dans tous les sens. Razmodin est peut-être de retour. Rassoul entre dans le hall.

Des dollars entre les dents, un jeune employé — celui qui était venu chercher Rassoul à la *sâqikhâna* — s'affaire à transporter un blessé, un journaliste étranger. Dès qu'il voit Rassoul, il s'arrête, retire les billets de sa bouche : « Razmodin n'est pas là, il a disparu. Il est parti depuis hier, on ne l'a pas revu. Tout le monde se sauve. Il va y avoir… » Une explosion violente secoue le bâtiment. Le journaliste blessé pleure. Il donne un autre dollar au jeune homme qui le porte précipitamment vers le sous-sol.

Au-dehors, tout le monde tire sans savoir pourquoi ni contre qui.

On tire.

On tire…

La balle trouvera sa cible.

Sans but précis, indifférent au chaos qui règne dans la ville, Rassoul se traîne dehors. Il n'a aucune envie de retourner chez Souphia ni d'aller chez sa tante chercher Razmodin — d'ailleurs il doit être en ce moment à Mazar, auprès de Donia. Il avance vers le ministère des Informations et de la Culture. Derrière une barricade, quelqu'un crie : « Sauve-toi, *kharkoss* ! »

Rassoul se dirige vers la voix. Un homme l'agrippe et le tire à l'abri, en l'engueulant : « Pauvre con ! Si tu en as marre de vivre, va mourir ailleurs, ici on n'a pas le temps de ramasser ton cadavre. Où vas-tu comme ça ? » C'est l'ami de Jano, qui était venu le tabasser dans sa chambre. « Si tu veux voir le commandant Parwaiz, il n'est pas là. Il est parti à la recherche de Jano qui a disparu. »

Jano a disparu ? Il a dû s'enfuir. Il a dû en avoir assez de cette guerre.

Rassoul se lève et quitte la barricade. Il avance au milieu de tirs, de cris, de chars… Rien ne l'atteint. Il arrive dans le parc de Zarnegar. De la fumée flotte entre les arbres. Dans un coin du jardin, il s'étend sur le gazon. Il fume, ajoutant avec nonchalance la fumée de sa cigarette à celle des armes. Il ferme doucement les yeux et reste un bon moment allongé. Les bruits s'atténuent peu à peu jusqu'au silence absolu. Et long.

Soudain, retentissent des pas qui s'approchent, frôlent sa tête, percent doucement son atonie. Il ouvre les yeux. Une femme couverte d'un *tchadari* bleu ciel passe tout près de lui. En la voyant, il se redresse.

Souphia ?

Il se lève et, d'un pas hésitant, s'élance à sa poursuite.

S'apercevant qu'elle est suivie, la femme ralentit, puis s'arrête et tourne craintivement la tête vers Rassoul qui s'approche. Elle s'écarte légèrement de l'allée pour le laisser passer. Mais à son tour il cesse d'avancer. Déconcertée, elle reprend son chemin.

Laisse-la, Rassoul, ce n'est pas Souphia.

Mais qui est-ce ?

Une femme, parmi tant d'autres.

Mais que fait-elle ici ? Pourquoi est-elle venue au parc, surtout en ce moment, quand tout le monde se sauve ?

Comme toi, elle se réfugie dans le parc, se protège parmi les arbres.

Non, elle est venue me voir. Sans aucun doute.

La femme arrive au bout du parc et emprunte la grande rue qui mène vers le carrefour de Malekazghar.

Rassoul accélère, la dépasse et lui barre le passage.

Elle s'arrête, apeurée ; elle tourne la tête en tous sens. Il n'y a personne. De plus en plus affolée, elle contourne Rassoul pour poursuivre son chemin, sans rien dire. Rassoul la suit. Arrivé à ses côtés, il vérifie si elle a la taille de Souphia. Non. Celle de la fille de *nana* Alia ? Pas sûr. Alors pourquoi la suis-tu ?

Je ne sais pas. Sa venue ici est étrange. Elle est forcément à la recherche de quelqu'un.

Mais pas de toi !

Qui sait ?

Ils arrivent au carrefour. Elle le traverse d'un pas pressé.

Regarde-la. A-t-elle l'air de quelqu'un qui te cherche ? On dirait plutôt qu'elle te fuit.

Déçu, il renonce à sa chasse ; grille une cigarette.

Mais la femme, une fois parvenue de l'autre côté du carrefour, s'arrête et se retourne pour observer Rassoul.

Elle joue avec moi. Elle s'attend à me voir derrière elle.

Et il s'élance pour la rattraper. Elle s'enfuit de nouveau. « Arrête ! »

Rassoul s'arrête.

D'où sort cette voix ?

De toi !

« Arrête ! », oui, ça sort de ma gorge !

Il crie : « Arrête ! » C'est sa voix, fragile, abîmée, ouatée, mais audible. « Arrête ! » Il court. La femme court aussi. « Arrête ! » Il la rattrape, « arrête ! », essoufflé, « j'ai… j'ai retrouvé la voix ! », tente de dévisager la femme à travers le grillage de son *tchadari*, « je peux parler ! », s'approche encore d'elle d'un pas, « je veux te parler ». Elle l'écoute. Il cherche ses mots. « Qui es-tu ? » Elle reste muette. « Qui t'a envoyée ? » Sa main, plus hésitante que sa voix, se tend pour soulever le voile. Terrorisée, la femme recule. « Qui que tu sois, tu dois me connaître. Tu es venue me chercher. Tu es venue me faire parler. N'est-ce pas ? » La femme tourne la tête. « C'est toi qui m'as apporté, dans mon rêve, ma pomme d'Adam. » Il la touche ; elle tressaille, se sauve à reculons. « Je te connais. Je te cherchais. C'est toi, la femme au *tchadari* bleu ciel. Je reconnais ta démarche. C'est toi qui as vu le cadavre de *nana* Alia, c'est toi qui l'as fait disparaître. Tu es partie avec son coffret à bijoux et son argent. Tu as bien fait. Tu es intelligente et rusée. Bravo ! » Elle hésite à traverser la rue, à changer de trottoir. « Tu dois savoir une chose : j'aurais pu te tuer, toi aussi, mais je n'ai pas voulu… tu me dois ta vie, tu sais ? » Elle chancelle — de peur, ou de lassitude —, se redresse, se hâte. « Écoute-moi ! Reste un instant. J'ai des choses à te dire. » Elle quitte le trottoir, se plante au milieu de la route dans l'espoir de voir surgir quelqu'un, une voiture, un char… Il n'y a rien. Il n'y a personne. Rassoul la poursuit. « Ne me fuis pas. Je ne te ferai pas de mal. J'en suis incapable. » Il attrape son *tchadari* qui lui glisse entre les doigts. « Tu ne peux plus me fuir. C'est fini. Nous nous sommes retrouvés. Nous avons une même vie, une même destinée. Nous sommes pareils. Tous les deux, nous avons les mains souillées du même crime. J'ai tué ; toi, tu as volé. Moi, je suis un assassin ; toi, une traîtresse… » La femme s'arrête, se tourne pour le dévisager encore, puis repart. Surpris par cet arrêt inattendu, Rassoul reprend plus calmement : « Pourtant, ce forfait, que nous partageons, pèse sur ma seule conscience. Et il n'est pas juste que je sois le seul à en souffrir. Moi qui voulais avec ce crime libérer ma fiancée des mains de cette pute, et avec son argent sauver nos deux familles… Maintenant, je regrette cet argent, ces bijoux, mais les remords me taraudent. Aide-moi ! Il n'y a que toi qui puisses m'aider. Nous pouvons être associés, garder ce secret jusqu'à la fin de nos jours ; et être heureux. » La femme ralentit de nouveau le pas — un temps de réflexion, de doute, ou bien de répit —, puis reprend son chemin vers le *Kaboul Wellayat*, le siège du gouverneur. « Dis-moi ce que tu as fait du coffret et de l'argent. Ils sont à moi. Je dois les récupérer. Avec tout cela, je peux rendre heureuses deux familles, voire trois avec la tienne, maintenant. Tant pis si on m'arrête, tant pis si on me pend ; au moins je serai soulagé de mon crime. J'en finirai avec toute cette souffrance. » La femme, toujours muette, longe les murailles du *Kaboul Wellayat.* Rassoul n'ose plus avancer. Il fixe la femme. « Emmène-moi avec toi, sinon je te dénonce à la justice, chez le gouverneur. Espèce de sourde-muette, tu m'entends ? » Toujours le silence. « Dis-moi, au moins, qui tu es. Dis-moi si mon crime t'a rendue heureuse. » La femme arrive devant le portail du *Wellayat,* s'arrête et se tourne vers Rassoul, comme pour l'inviter à entrer à l'intérieur. Rasant le mur, il avance à pas hésitants. « Non, tu ne peux pas être heureuse sans moi. Tu as besoin de moi, comme j'ai besoin de toi. Nous sommes comme Adam et Ève. Pile et face. Tous les deux chassés pour vivre sur cette terre damnée. Nous ne pouvons pas vivre l'un sans l'autre. Nous sommes condamnés à partager notre crime et notre châtiment. Nous fonderons un foyer. Nous partirons loin, très loin, dans des vallées inaccessibles. Nous bâtirons une cité que nous baptiserons… la vallée des *Péchés perdus.* Nous inventerons nos propres lois, notre propre morale. Et nous aurons des enfants, pas comme Caïn et Abel, sinon je tuerai Caïn. Oui, je le tuerai parce que je sais maintenant de quoi il est capable. Je le tuerai dès sa naissance ! » La femme ouvre le portail, puis, après un dernier regard vers Rassoul, entre dans la cour. Lui demeure ébahi. Regarde autour de lui ; la rue est toujours déserte ; le silence est encore plus profond ; le ciel, bas et lourd. Il avance jusqu'au portail du *Wellayat.* À travers les grilles, il ne distingue que des ruines, aucune trace de la femme. Qui était-elle ?

« Qui est-ce ? », une voix flûtée cloue Rassoul sur place. D'où sort-elle ? « Il y a quelqu'un ? » marmonne Rassoul d'un ton fragile et feutré. « Oui, des djinns ! », une autre voix surgit qui arrache les rires sarcastiques d'une guérite en pierre de taille, située à côté du portail du *Kaboul Wellayat.* À l'intérieur de la guérite, Rassoul aperçoit des corps couchés par terre. « Vous n'avez pas vu une femme entrer ?

— Une femme ? Ici ? Si nous pouvions avoir cette chance ! » Le rire remue les corps.

« Est-ce qu'il y a quelqu'un au *Wellayat* ?

— Tu cherches qui ?

— Le procureur.

— C'est quel djinn, celui-là ? », à son compagnon : « Tu le connais, toi ?

— Non. Demande-lui une cigarette. »

Rassoul sort deux cigarettes et les tend à l'intérieur. « Jette-les ! » Et il les lance. « Il y a quand même quelqu'un ici ? Un gouverneur, un juge, un…

— Va voir toi-même ! Pourquoi nous le demander ? »

Rassoul n'a pas vu la tête des deux soldats. Il s'engage dans la cour saccagée dont le sol est couvert de papiers et de cahiers calcinés. Les murs sont criblés de balles. Le siège du gouverneur est désert, englouti dans un silence morne et dense. Toujours, aucune trace de la femme au *tchadari* bleu ciel.

Étrange apparition !

Étrange disparition !

Une femme éthérée, venue de nulle part comme pour lui rendre sa voix, lui montrer la voie, le livrer à la justice, l'amener ici, au *Kaboul Wellayat*, où tout est en ruine : le palais de justice comme le bâtiment de la « Surveillance », ou celui de la « Maison d'arrêt »…

Il s'arrête devant le seul édifice en bon état, il emprunte l'escalier, il entre. Il y a un long couloir aux murs crasseux. Ses pas résonnent et rendent le silence encore plus dense et angoissant. Il s'immobilise. Une étrange sensation l'étreint. Il hésite, puis avance, malgré lui. Les bureaux des deux côtés du couloir ont les portes ouvertes. La lumière pénètre par les embrasures, éclairant un boyau sombre et sordide. Malgré la présence de quelques meubles — chaises, tables, affaires de bureau —, toutes les pièces sont sans âme, sauf une, où quelques vêtements de femme et d'enfant, encore mouillés, sont pendus sur une corde à linge, sous les rayons du soleil. Il y a donc une vie ici. La femme au *tchadari* bleu ciel doit habiter dans cet endroit.

Je vais enfin la connaître !

Arrivé au milieu du couloir, il perçoit des pas, puis aperçoit un petit garçon qui monte l'escalier venant du sous-sol. À la vue de Rassoul, il redescend en courant. Rassoul le suit, prend l'escalier et pénètre au sous-sol où un panneau indique : « Archives de la justice ». Au fond d'un long couloir, une petite lumière le guide vers une pièce d'où s'échappent des chuchotements, feutrés, séniles : « You… Younness… Youss… Youssef… » Rassoul entre dans la pièce. C'est une grande salle avec des placards et des étagères alignées, tous remplis de vieux dossiers, jaunis par le temps. La voix résonne toujours d'un endroit que Rassoul ne peut voir. « Il y a quelqu'un ? » lance-t-il timidement. Pas de réponse, mais toujours cette voix sénile qui radote : « Youssef…

— Il y a quelqu'un ? » répète-t-il, en hurlant presque. Après un silence, la même voix lui répond : « Il y en a même deux ! », et sans attendre reprend : « Youssef, Youssef, Youssef Ka… », telle une incantation. Rassoul cherche un passage pour rejoindre l'homme. Il est là, au fond de la pièce, devant un soupirail, derrière un grand bureau où il fouille parmi des dossiers. Un garçon l'éclaire d'une lanterne.

Au bruit de Rassoul, tous les deux lèvent les yeux vers lui. Le vieillard hoche la tête comme pour le saluer puis se remet machinalement à son ouvrage. Rassoul, s'approchant du bureau, demande : «Je cherche monsieur… le procureur.» Occupé à fouiller un grand cahier qu'il a sorti d'un des dossiers, le vieillard ne semble pas l'entendre. Il tourne quelques pages, et son doigt s'arrête sur une liste de noms. « Youssef…. Ka, Youssef Kab… Youssef Kabouli ! Ce n'est pas ça, fiston ? » Le garçon, qui tient la lanterne, est distrait par la présence de Rassoul. L'homme rouspète : «Je te parle, fiston, regarde si c'est bien le nom de ton père. Où as-tu la tête ? » Le garçon, déstabilisé, se penche sur le cahier. Rassoul avance d'un pas et, d'un air impatient, redemande : « Où est-ce que je peux trouver monsieur le procureur ?

— J'ai bien entendu, *mohtaram.* J'ai bien compris ce que vous m'avez demandé. Vous ne m'avez pas posé une devinette, autant que je sache ! » Une pause, comme pour obtenir l'assentiment de Rassoul, puis lui demander : « C'est urgent ? », sur un ton intimidant qui fait hésiter Rassoul avant de grommeler : « Oui.

— Laissez-moi d'abord finir cette affaire, après je m'occuperai de la vôtre », dit le vieillard ; puis, grincheux, il se tourne vers le garçon : « Alors, tu sais lire ou non ?

— Oui, je peux lire, mais votre doigt…

— Qu'est-ce qu'il a mon doigt ?

— Il est dessus.

— Je te dis de lire le nom au-dessus de mon doigt, idiot ! » Le garçon baisse la tête et ânonne :

« You, Yous… Youssef… Ka, Kabouli, oui c'est ça, je crois.

— Tu crois ?! Cela fait une semaine que tu m'en rebats les oreilles, de ce nom ; et maintenant tu as des doutes ! C'est grave, fiston, très grave.

— Je ne dis pas que j'en doute. Je dis que je crois.

— Qu'est-ce que tu radotes ? Bon. Alors, c'est quoi le numéro du dossier ?

— Le numéro du dossier ?

— Oui, les chiffres !

— Les chiffres ?… Il n'y a pas de chiffres. Regardez vous-même !

— Comment il n'y a pas de chiffres ? Soulève la lampe ! » Le garçon lève la lanterne ; le vieillard, épuisé, s'énerve : « Alors comment je vais trouver ce putain de dossier ? » Son regard inspecte la pile de papiers. Rassoul s'exaspère : « Avant de recommencer votre recherche, pourriez-vous peut-être me répondre, si le procureur…

— Écoutez, jeune homme, l'affaire de ce garçon est plus importante que la présence ou l'absence de monsieur le procureur ! Le destin d'une famille est en jeu. Ça fait une semaine que je me décarcasse pour mettre la main sur ce dossier ; maintenant je dois tout abandonner pour chercher Monsieur le Procureur ! D'abord, il n'y a plus de procureur. Ensuite, ici, vous n'êtes pas à l'accueil. Nous sommes dans le bureau des Archives de la Justice. Et moi je ne suis qu'un humble greffier qui s'occupe maintenant, minablement, de cet endroit ! » Il s'arrête un instant, puis penche de nouveau la tête sur la liste de noms et bredouille : « Qu'est-ce que vous lui voulez, à ce monsieur le procureur ?

— Je suis venu me livrer à la justice.

— Ah désolé, il n'y a personne pour vous accueillir. »

Étonné, mais aussi énervé, Rassoul s'approche de lui et tente de parler sereinement, avec sa voix cassée : « Je ne suis pas venu pour être accueilli. Je suis venu… », hausse la voix en articulant chaque mot « … POUR ME RENDRE À LA JUSTICE !

— J'ai bien compris. Moi aussi je me rends tous les matins à la justice. Et ce jeune homme aussi.

— Mais moi, je viens pour être arrêté. Je suis un criminel.

— Alors revenez demain. Il n'y a personne aujourd'hui. » Et il s'absorbe de nouveau dans le grand cahier. Rassoul déborde de colère ; il pose sa main au-dessus des papiers et, de sa gorge décharnée, s'époumone : « Vous avez entendu ce que je vous ai dit ? Vous avez compris ce que je veux ?

— Bah, oui ! Vous êtes venu pour vous livrer à la justice, parce que vous êtes un criminel. Non ? »

Rassoul, abasourdi, le fixe. Lui, hochant la tête, fait : « Alors ?

— Alors, il faut m'arrêter.

— Mais je ne peux rien faire pour vous. Comme je vous l'ai dit, je suis le greffier du tribunal, c'est tout.

— *Bâba*, donne-moi de l'argent, je vais acheter du pain. » La voix d'un enfant, celui qu'a aperçu Rassoul tout à l'heure dans le couloir, sort de derrière les étagères, attirant leur attention à tous les trois. « Je vais y aller… » dit le jeune homme, fils de Youssef Kabouli. « Non. Tu restes ici, on cherche ton père », lui ordonne le greffier qui va donner de l'argent à l'enfant. Puis, en grognant, il revient vers le grand cahier. « On dit que je suis le greffier, mais en fait, je fais tout ici. Il n'y a plus de procès… Je dois donc m'occuper des archives… » Il continue à feuilleter le cahier. « Si je n'étais pas là, je jure que les rats auraient rongé tous ces dossiers. Ou alors ils seraient détruits par les bombardements.

— Oui, c'est vrai. Ici, ça grouille de rats ! » confirme le jeune homme qui, sous l'ordre du greffier, se met à ranger les dossiers.

Contrarié par l'attitude du greffier, Rassoul sort une cigarette et l'allume. Sa voix désespérée s'éraille : « J'ai tué quelqu'un. » Aucun des deux ne prête attention à son mea-culpa. Ils n'ont peut-être pas entendu. Alors, un peu plus fort : « J'ai tué quelqu'un », qu'ils entendent. Les deux se retournent vers lui, mais très vite et sans dire un mot, ils reprennent leur recherche.

Ils ont peut-être entendu, mais ils n'ont rien compris.

J'ai du mal à articuler. J'ai encore une voix ouatée, à peine audible.

Il hausse la voix, et crie : « Mais est-ce que vous me comprenez ? » Le greffier lui jette un regard exaspéré. Ne dit rien. De nouveau le silence, la tête penchée dans les dossiers, les noms, les chiffres, les incertitudes… Et Rassoul qui poursuit comme s'il se parlait à lui-même : « Je sais que je n'ai pas réalisé un exploit. Je n'ai commis qu'un acte assez banal. Peu importe. J'ai tué, et je me rends à la justice », et il s'assied au pied d'une armoire.

De plus en plus pesante, la présence obstinée de Rassoul perturbe le vieux greffier qui finit par fermer le grand cahier, « Farzan, on reprendra la recherche de ton père demain. Va préparer un thé », dit-il au jeune homme qui pose immédiatement la lanterne sur la table, et, tout excité, demande : « Vert ou noir ?

— Vert ou noir ? », le greffier reprend la question en s'adressant à Rassoul qui répond d'un air fatigué : « Noir. »

Farzan s'en va. Le vieux greffier prend la lanterne, et se dirige vers les étagères. « Ce pauvre Farzan. Son père était expert comptable pendant la monarchie, une famille respectable. Mais à l'époque des communistes, ils sont venus chez lui, l'ont arrêté et emmené en prison, sans rien dire. Il était accusé de quoi ? Personne n'a jamais compris, et comme pour tous les prisonniers de l'époque, il n'y a jamais eu de procès. On a perdu sa trace. On a dit qu'il avait été pendu ou exilé en Sibérie. Personne ne sait ce qu'il est devenu. Maintenant son fils n'a plus qu'une seule obsession : retrouver la trace de son père. Il veut savoir de quoi il était accusé. Je sais qu'il ne trouvera jamais la réponse. » Il revient derrière le bureau. « Je pense que le jour où il a été arrêté, il s'est passé quelque chose de grave dans sa famille qu'il essaie de comprendre, de découvrir. Et c'est cela qui m'intéresse, moi aussi. Pas le reste : la justice, l'injustice, etc. Ce ne sont que des options, pas des conceptions. » Et il s'arrête quelques secondes pour lire sur le visage de Rassoul l'effet de son adage, et poursuit : « Depuis qu'il est là, il est devenu mon assistant… », et il glousse. « J'aime toujours cueillir des histoires concernant la justice. À travers elles, on comprend mieux l'histoire d'un pays, l'esprit d'un peuple. J'en ai des milliers. Il me faut du temps pour les réécrire. Mais on ne m'en donne pas. Regardez ! » Il montre un tas de dossiers empilés dans un coin. « Le juge suprême m'a demandé la liste de tous les moudjahidin emprisonnés à l'époque des communistes, mais aussi la liste des *shahids.* Ils disent que le Ministère des Shahids la demande. Le Ministère des Shahids ! » Il s'esclaffe encore, ironiquement cette fois, en jetant un regard vers Rassoul qui est tristement absorbé par une ratière posée au-dessous du bureau.

« Alors, jeune homme, vous avez tué qui ?

— Une femme.

— Vous étiez amoureux d'elle ? » s'enquiert-il, sans cesser de ranger les dossiers.

« Tuer une maquerelle n'est pas un crime dans notre sacro-sainte justice. Donc, vous... tu dois souffrir d'autre chose. » Le greffier se cale au fond de sa chaise et fixe intensément Rassoul. Ce dernier, tête baissée, avale avec difficulté un morceau de pain. Tous les trois sont assis autour du bureau, transformé en table à goûter. « Résumons : tu te tourmentes, tu te sens anéanti, parce que tu n'arrives pas à comprendre pourquoi il y a tant de mystères autour de ton crime. C'est bien cela ?

— Oui, mais...

— Je continue : à t'écouter, au début, tu croyais que tu souffrais parce que ton coup avait foiré ; parce que tu n'avais pas dérobé l'argent, les bijoux... qui t'auraient permis de sauver ta famille. Puis tu t'es rendu compte que si tu avais l'argent et les bijoux de *nana*... quoi ?... oui, *nana* Alia, tu aurais encore plus de remords, de souffrance... Après, tu as constaté que l'argent et les bijoux n'étaient qu'un prétexte. Au fond, tu as tué cette maquerelle pour effacer un cafard de la terre et, surtout, venger ta fiancée… Mais tu t'aperçois que ça n'a rien changé. Le meurtre n'a pas apaisé ta soif de vengeance. Il ne t'a pas réconforté. Au contraire, il a créé un abîme dans lequel tu t'enfonces de jour en jour… Aujourd'hui, ce qui te tourmente donc, ce n'est pas l'échec de ton forfait ni d'en avoir mauvaise conscience ; tu souffres plutôt de la vanité de ton acte. Bref, tu es victime de ton propre crime. Ai-je raison ?

— Oui, c'est ça, je suis victime de mon propre crime. Et le pire dans cette histoire, c'est que mon crime non seulement est banal et vain, mais qu'il n'existe même pas. Personne n'en parle. Le cadavre a mystérieusement disparu. Tout le monde croit que *nana* Alia est partie en province, emportant avec elle ses bijoux et sa fortune. Est-ce que dans toutes vos archives juridiques vous avez déjà rencontré un cas aussi absurde ?

— Oh, jeune homme, j'ai vu des crimes encore plus absurdes que le tien. Et j'ai constaté aussi que tuer une maquerelle n'efface pas le mal sur terre. Surtout aujourd'hui. Comme tu l'as dit, tuer est l'acte le plus insignifiant qui puisse exister dans ce pays.

— C'est pour cette raison que je suis venu me livrer à la justice. Je veux donner un sens à mon crime.

— Est-ce que tu as déjà donné un sens à ta vie, pour pouvoir en donner un à ton crime ?

— Justement, je pensais qu'avec ce meurtre je le ferais.

— Comme tous ces gens qui tuent au nom d'Allah pour oublier leurs péchés ! C'est de l'ersatz, jeune homme, de l'ersatz ! Tu comprends ?

— Oui », fait-il, hochant la tête ; puis il demande au greffier : « Est-ce que vous connaissez Dostoïevski ?

— Non. Il est russe ?

— Oui, un écrivain russe, mais pas communiste. Peu importe. Il disait que si Dieu n'existait pas…

— *Tobah na'ouzobellah !* Qu'Allah te protège de cette aberration ! Chasse cette pensée satanique !

— Oui, qu'Allah me pardonne ! Ce Russe disait que — *Tobah na'ouzobellah* — si Dieu n'existait pas… l'homme serait capable de tout. » Après un silence méditatif, le greffier dit : « Il n'a pas tort ! », et, à l'oreille de Rassoul, il susurre : « Alors, ton cher Russe, comment pourrait-il expliquer qu'aujourd'hui, ici, dans ton cher pays, où tout le monde croit en Allah, le Miséricordieux, toutes les atrocités sont permises ?

— Vous voulez dire que ces gens-là… » intervient Farzan, égaré dans cette discussion. « Toi, fiston, va chercher de l'eau ! » lui ordonne le greffier pour s'en débarrasser, et il reprend : « Tu sais que si le péché existe, comme on dit, c'est parce que Dieu existe.

— Oui, mais, aujourd'hui, j'ai l'impression

que c'est l'inverse. Qu'Allah me pardonne ! Si Il existe, ce n'est pas pour empêcher les péchés, mais pour les justifier.

— Eh oui, hélas. Toujours nous nous servons de Lui, ou de l'Histoire, ou de la conscience, ou des idéologies… pour justifier nos crimes, nos trahisons… Rares sont ceux qui, comme toi, ont commis un crime, puis en ont du remords.

— Ah, non ! Moi, je n'en ai aucun remords.

— Pas de remords, d'accord. Tu en as conscience. Regarde autour de toi : qui ne tue pas ? Combien de criminels sont arrivés comme toi à ce niveau de conscience ? Aucun.

— Justement, c'est ma conscience qui me rend coupable.

— Alors quel besoin de procès, de jugement ? Tout ça, dans l'idéal, c'est pour ceux qui ne reconnaissent pas leur crime, leur culpabilité. En plus, aujourd'hui, qui pourra te juger ? Il n'y a personne ici, ni juge ni procureur. Tout le monde est en guerre. Tout le monde court après le pouvoir. Ils n'ont ni le temps ni le souci de venir s'occuper de ton procès. Ils ont même peur des procès. Le procès des uns peut devenir celui des autres. Tu me comprends ? » Rassoul est perplexe. Le greffier reprend : « Qu'est-ce que tu veux ? La prison ? Ton âme est prisonnière de ton corps, et ton corps prisonnier de cette ville.

— Donc, que je sois ici ou dehors, rien ne change.

— Rien ne change.

— Alors, je reste ici. »

Le greffier est à bout. Il prend un dossier et le jette à terre. « Mais ici, il n'y a personne. Je ne peux pas m'occuper de toi », se récrie-t-il, « il n'y a plus de Maison d'arrêt, plus de Surveillance… rien. Il n'y a plus rien ! Il n'y a même plus de loi. Ils sont en train de changer le code pénal. Tout sera fondé sur le *fiqh*, la *charia.* » Rageur, il fixe longuement Rassoul, dans un silence accablant. Et, avant de ramasser le dossier qui gît aux pieds de Rassoul, il lui tend la main : « Ravi de t'avoir rencontré, jeune homme. C'est l'heure de ma prière. Salut ! » Puis il remet le dossier sur le bureau et se retire dans l'autre pièce.

Rassoul est sidéré, sans mots, sans voix, plus aphone qu'avant.

Où suis-je ?

À *Nâkodjâ âbâd*, nulle-part-ville !

Farzan revient : « Alors vous restez ? Vous avez raison. Ici, c'est vraiment bien. C'est un abri sûr… Monsieur le greffier habite ici avec toute sa famille. Il fait frais ici. Sa femme est adorable. Elle est très belle aussi, et elle cuisine très bien…

— Celle qui est entrée tout à l'heure avant que j'arrive ? Une femme au *tchadari* bleu ciel ?

— Ah non ! Elle ne sort jamais d'ici. Elle a peur des bombes. Elle a peur d'être seule. Elle est un peu… »

Donc ce n'est pas elle la satanée femme. Mais alors, pourquoi le greffier insiste-t-il avec tant d'acharnement pour que je parte ?

« Frère ! » Une voix grave, suivie de pas cherchant leur chemin, interdit à Rassoul de continuer à échafauder des soupçons. Farzan se sauve dans la pièce d'à côté et fait signe à Rassoul de le suivre, mais lui ne bouge pas. Quatre hommes armés surgissent.

« Le greffier n'est pas là ?

— Il fait sa prière », répond Rassoul. « Et toi, qu'est-ce que tu fais là ? » lui demande un des quatre. « Je m'appelle Rassoul, et je suis venu me rendre à la justice.

— Qu'est-ce que tu fais ? » s'enquiert l'un. « Tu travailles ici ? » poursuit l'autre. « Non, je suis venu me rendre à la justice », répond Rassoul, abasourdi devant ces quatre hommes qui se regardent, soupçonneux. « Ici on n'embauche personne !

— Je ne suis pas venu pour travailler. Je suis venu pour que l'on me juge. » L'un des hommes le dévisage, en caressant sa barbe : « Tu veux être jugé ? Pourquoi ?

— J'ai tué quelqu'un. »

Ils se regardent de nouveau. Dubitatifs. Ils n'ont plus rien à dire. Enfin, l'un d'eux s'avance vers Rassoul, et dit : « On va voir ça avec *Qhâzi sahib*. Allez, viens ! »

À la sortie de l'immeuble, le greffier, suivi de Farzan, les rejoint : « Vous me cherchez ?

— Oui, *Qhâzi sahib* veut savoir si la liste des *shahids* est prête ?

— Pas encore !

— Alors retourne à ton travail et apporte-la, le plus tôt possible ! » Mais le greffier reste planté là, frappé de consternation devant l'idiotie de Rassoul.

Arrivés dans un bâtiment, en partie détruit, ils entrent dans une pièce imposante, meublée d'un grand bureau derrière lequel le juge, sans leur prêter attention, est en train de manger une grosse tranche de pastèque. Un bonnet blanc couvre sa grosse tête rasée ; une longue barbe prolonge son visage charnu. On attend qu'il finisse de manger. Après s'être débarrassé de l'écorce sur un plateau, il sort un grand mouchoir pour s'essuyer la bouche, la barbe et les mains. Lâchant un rot de bonne digestion, il fait signe à un vieil homme d'enlever le plateau, puis prend son chapelet, pose son regard sur Rassoul et interroge les autres : « Où est le problème ?

— On vous amène un assassin. » Le regard du *Qhâzi* passe de Rassoul à ses hommes, un regard sans expression, excepté un « alors ? » qu'il ne prononce pas. Il demande : « Où l'avez-vous arrêté ?

— On ne l'a pas arrêté. Il s'est rendu de lui-même. » Voilà donc la surprise. Le juge dévisage de nouveau Rassoul : « Il a tué qui ? » Pas de réponse. L'un des hommes susurre à l'oreille de Rassoul : « Tu as tué qui ?

— Une femme.

Encore une affaire familiale. Sans intérêt, donc. Gêné par un pépin de pastèque coincé entre ses dents, le juge essaie de l'enlever avec la pointe de sa langue. Essai raté. Il reprend d'un ton détaché : « Pour quelle raison ? » Encore le silence. À nouveau le garde transmet la question à Rassoul, qui hausse les épaules pour dire qu'il ne sait pas. « Elle était sa femme ?

— Elle était ta femme ?

— Non », répond enfin Rassoul, las de ces questions indirectes, de ces regards dédaigneux. Le juge marque une pause, non pour réfléchir, mais pour s'occuper du pépin de pastèque, le maudit pépin. Nouvelle tentative, cette fois avec l'index. Impossible. Il renonce. « C'était qui alors ?

— Une dame qui s'appelait *nana* Alia, à Dehafghânan », répond Rassoul avant que le garde répète la question. « Pour la voler ?

— Non.

— La violer ?

— Non plus. »

Nouvel arrêt de l'interrogatoire, et nouvelle tentative du *Qhâzi* contre le pépin. Il enfourne index et pouce dans la bouche. Il n'y arrive pas, c'est sûr. Rassoul aimerait bien l'aider. Son index est fin, osseux, avec un ongle bien corné. Il maîtrise parfaitement la technique : il faut pousser le pépin avec le bout de l'ongle, et en même temps l'aspirer.

« Où sont les témoins ?

— Il n'y a aucun témoin. »

De plus en plus enragé contre le foutu pépin de pastèque, le juge déchire nerveusement le coin d'une feuille de dossier. Il le plie, le glisse entre ses dents. Peine perdue. Le papier se mouille et se ramollit. Il s'emporte : « Quelqu'un a une allumette ? », et il balance le papier sur le bureau. Rassoul se précipite pour lui donner sa boîte d'allumettes. Il en prend une, en enlève le soufre, la taille avec ses ongles, et se met à récupérer le satané pépin. Il s'en débarrasse enfin. Soulagé, il observe ce rien si gênant, et ordonne aux gardes : « Relâchez-le ! Je n'ai pas le temps de m'occuper de ce genre de cas.

— Viens ! » Un des gardes le prend par le bras. Mais lui reste figé devant le bureau du *Qhâzi*. Il ne bougera pas, non ! Il se précipitera sur le juge, le prendra par la barbe et criera : « Regarde-toi en moi ! Je suis un assassin, comme toi ! Pourquoi, toi, n'en souffres-tu pas ? » Il s'avance d'un pas, mais la poigne du garde l'en empêche. « *Qhâzi sahib*, vous devez me juger », demande-t-il instamment. Le juge, se caressant le front, reste un moment pensif, puis reprend, en égrenant ses mots au même rythme que le passage des grains de son chapelet entre ses doigts : « Ton cas est une affaire de *qisâs*. Trouve la famille de la femme, paye le prix du sang. C'est tout. Maintenant, quitte mon bureau. »

C'est tout ?

Oui, Rassoul, c'est tout. Tu le savais, le greffier t'avait prévenu.

« Oui, tu m'avais prévenu », acquiesce Rassoul, assis devant le bureau du greffier en train d'extraire d'un dossier le nom des *shahids* exécutés dans les prisons communistes. « Mais je croyais le convaincre d'instruire mon procès… et, par la suite, ceux des autres, de tous les criminels de guerre. » Le greffier lève la tête et lance un regard ironique à Rassoul : « Tu te crois où ?

— Maintenant, nulle part.

— Bienvenue ! » lui souhaite le greffier, s'attelant de nouveau à sa tâche.

« Et ça aussi me fatigue. Cette incapacité à me faire comprendre, et à comprendre le monde.

— Est-ce que toi-même tu te comprends ?

— Non. Je me sens perdu. » Un temps, long, pour repartir loin dans la nuit d'un désert, puis revenir et dire : « J'ai l'impression que je me suis perdu dans la nuit d'un désert où il n'y a qu'un seul repère : un arbre mort. Où que j'aille, je me vois sans cesse revenir au même endroit, au pied de cet arbre. Je suis las de refaire ce chemin interminable, minablement.

— Jeune homme, j'avais un frère. Il jouait sur la scène du théâtre de Kaboul Nendaray. Il était toujours joyeux, un bon vivant. Il m'a appris une chose importante : prendre la vie comme une représentation sur scène. Il me disait qu'à chaque représentation il fallait penser que c'était la première fois qu'on jouait. Comme ça, on donnait un nouveau sens à chacun de ses gestes.

— Mais je suis fatigué du rôle que je dois jouer. Je veux en avoir un autre.

— Changer de rôle ne change rien à ta vie. Tu restes toujours sur la même scène, dans la même pièce, pour une même histoire. Imagine que le procès soit une scène — d'ailleurs, ce n'est que ça, et quelle scène ! Je peux t'en parler, moi. Bref, sur cette scène, à chaque représentation tu dois jouer un personnage différent : d'abord l'accusé ; puis le témoin ; ensuite le juge… Au fond, il n'y a pas de différence… Tu connais tout. Tu…

— Mais quand on joue le rôle du juge, on peut changer le cours d'un procès.

— Non, tu es condamné à respecter les règles du jeu, tu répéteras les mêmes phrases qu'un autre juge a répétées avant toi…

— Alors il faut changer la pièce, la scène, le récit…

— Tu seras viré ! » Il élève la voix : « *Nous sommes des marionnettes, et le ciel, le marionnettiste / Ce n'est pas une allégorie, mais la vérité / Nous jouons et rejouons sur la scène d'existence / Puis retombons, un à un, dans la boîte de néant.* Ce n'est pas moi qui le dis, c'est Khayyam. Réfléchis à ça ! » Avant que Rassoul ne le relance sur le théâtre de la justice, le greffier pousse l'imposant dossier des *shahids* vers lui : « Tiens, maintenant tu peux m'aider, toi aussi. Dicte-moi les noms !

— J'ai horreur des *shahids* ! » Cette déclaration secoue le greffier. Il regarde longuement Rassoul, puis retire le dossier, mais Rassoul l'en empêche : « Je vais quand même t'aider », et il se met à lire les noms. Il en a à peine cité une dizaine que les gardes de *Qhâzi* réapparaissent. « Le voilà, il est encore là ! » dit l'un d'eux en désignant Rassoul. « On te cherchait dans les cieux. Viens avec nous ! »

Et on le ramène chez le *Qhâzi* qui demande qu'on les laisse seuls. Il est toujours derrière son bureau, sur lequel traînent, au milieu des papiers, son chapelet et son mouchoir. De but en blanc, il demande : « Tu connais Amer Salam ?

— Amer Salam ?... Je crois que oui.

— Tu l'as rencontré ?

— Oui.

— Où ?

— Chez *nana* Alia, je crois.

— C'était quand ? » demande le juge qui se penche sur le bureau pour se rapprocher de Rassoul, prêt à entendre un secret.

« Le lendemain du meurtre.

— Qu'est-ce que tu foutais là-bas ?

— Ma fiancée travaillait chez *nana* Alia. Amer Salam est venu…

— Où sont les bijoux que tu as volés chez elle ? »

Ça y est, l'affaire prend forme. On s'y intéresse enfin.

Oui, certainement, mais ce qui intéresse d'abord le juge, ce sont les bijoux, pas le meurtre, ni ta conscience, ni ta culpabilité, ni ton procès…

Peu importe, si je peux forcer la porte de la justice avec les bijoux. D'ailleurs, associer Amer Salam à cette affaire est une piste à suivre pour mettre la main sur la femme au *tchadari* bleu ciel.

« Tu es devenu sourd ou quoi ? » La véhémence du juge défait la pensée de Rassoul. « Je vous l'ai dit. Je n'ai rien volé. Je l'ai tuée, c'est tout.

— Tu mens ! Amer Salam avait laissé plusieurs bijoux en gage chez elle. Rends-les-lui. Sinon, il va te les faire vomir ! Tu le connais mal.

— Je vous dis que je n'ai rien volé. »

Ôtant son bonnet, le *Qhâzi* éponge avec son mouchoir les gouttes de sueur qui perlent sur sa tête rasée. « Vas-y, crache ! Je n'ai pas de temps à perdre sur cette affaire.

— Mais, *Qhâzi sahib*, je vous jure que je n'ai pas pu les voler.

— Alors où sont partis les bijoux ?

— Ça, c'est un grand mystère…

— Ne me prends pas pour un crétin ! Rends les bijoux, et reste chez toi !

— Vous devez m'écouter. Ce n'est pas pour rien si je suis venu ici me rendre à la justice...

— En effet, pourquoi tu te rends à la justice ? » demande le juge, s'apercevant enfin de l'absurdité de cette reddition énigmatique. « Mais d'où sors-tu ?

— C'est une longue histoire.

— Je m'en fous de ton histoire. Dis-moi, tu es de quelle faction ?

— D'aucune.

— D'aucune ! » s'étonne le *Qhâzi*. Une telle position, sur cette terre déchirée, pour un esprit comme le sien, n'a aucun sens, bien sûr.

« Tu es musulman ?

— Je suis né musulman.

— Que fait ton père ?

— Il était militaire. Il a été tué.

— Il était communiste. » Ça y est, c'est reparti. Encore et toujours les mêmes questions, les mêmes soupçons, les mêmes jugements. J'en ai assez !

Tu voulais lui raconter ton histoire, ta vie, n'est-ce pas ? Donc, joue le jeu. Va jusqu'au bout. « Il était communiste, ton père. Hein ? » Est-ce une question, ou un jugement ? « Hein ?

— Pardon ?

— Ton père, il était communiste ?

— Ah, c'était une question. »

Furieux, le juge s'emporte : « Toi aussi, tu as été communiste !

— *Qhâzi sahib*, je suis venu ici pour avouer un meurtre : j'ai assassiné une femme. C'est mon seul crime.

— Non. Il y a quelque chose de louche dans cette affaire. Tu dois être plus coupable que ça…

— *Qhâzi sahib*, y a-t-il un crime plus grave que celui d'assassiner un être humain ? » La question fait tomber le mouchoir de la main du juge. « C'est moi qui pose les question ! Qu'est-ce que tu faisais à l'époque des communistes ?

— Je travaillais à la bibliothèque de *Pohantoun*.

— Tu as donc fait ton service militaire sous le drapeau soviétique », et il ramasse son chapelet, « Dis-moi, tu as tué combien de musulmans ? » Heureusement qu'il ignore que tu étais en Union soviétique, sinon ça serait la fin de tout. « Je n'ai pas fait mon service militaire.

— Alors tu étais dans la jeunesse communiste.

— Non, jamais !

— Tu n'étais pas communiste, tu n'as pas fait de service militaire, et tu es toujours en vie. » Silence de Rassoul. Seul résonne le bruit des grains du chapelet entre les doigts du *Qhâzi*. Et soudain il s'énerve à nouveau : « Tu mens ! Espèce de communiste impie ! » Les grains du chapelet cessent de glisser, sa voix, avec une rage noire, appelle les gardes : « Éloignez ce porc ! Enfermez-le dans un cachot isolé ! Demain vous lui noircissez la figure avant de le châtier en public : vous lui coupez la main droite pour le vol ; puis vous le pendez ! Vous fouettez sa saleté de cadavre pour que ça serve de leçon à tout le monde : tel est le châtiment réservé aux rescapés de l'ancien régime qui sèment le mal et la corruption ! »

Les deux hommes armés se ruent sur Rassoul pour s'en emparer. Il est foudroyé.

Le souffle se suspend.

Le cœur se soulève.

La salle s'écroule.

Les grains du chapelet recommencent à glisser un à un.

Des cris de fureur envahissent la salle.

Le cliquetis des chaînes écorche les oreilles.

D'où vient ce bruit de chaînes ?

De tes pieds, de tes mains.

Il bouge. Ils sont lourds, ses pieds et ses mains. Lourdes sont aussi ses paupières qu'il ouvre.

Tout est sombre. Il est allongé sur une natte, dans une pièce exiguë. Peu à peu, il découvre le ciel, lointain, mauve, qui se découpe derrière une petite fenêtre grillagée, aménagée en haut du mur. Il se redresse. Les chaînes résonnent dans la pièce, derrière la porte, dans le couloir désert. Rassoul s'approche de la porte, tente de l'ouvrir de ses mains enchaînées. La porte n'a pas de poignée, il la pousse, elle ne s'ouvre pas. Il frappe. Il crie. Pas de réponse. Rien que les chaînes sur le silence de la nuit. Il s'arrête, défait. C'est déjà fini ?

Ici ?

Il s'accroupit. Tâte la chaîne autour de ses chevilles.

À peine ai-je retrouvé la voix.
Déjà, je suis condamné.
Déjà, je me meurs.
Mourir, sans dire un mot, le dernier mot ?

Il blottit sa tête entre ses genoux.
Il ne pleure pas.

Soudain, il entend le bruit sec d'une porte qui s'ouvre, des pas qui se traînent dans le couloir. Il se lève d'un bond, colle l'oreille contre la porte. Les pas s'approchent et s'arrêtent. Un trousseau de clés cliquette, et la porte s'ouvre. La lumière violente d'une lampe torche fouille la pénombre, éblouit Rassoul. Un jeune barbu pointe son arme vers lui et fait signe à quelqu'un, resté dans le couloir, de s'approcher. La tête du greffier apparaît. Il s'avance avec un petit plateau dans une main, et une lanterne faiblarde dans l'autre. Rassoul s'élance à sa rencontre. « Ne bouge pas ! » hurle le garde. Le greffier se tourne vers l'homme : « Au nom d'Allah, crie moins fort ! », et entre dans la cellule pour donner le plateau à Rassoul. « On t'avait dit de rester et de manger avec nous, tu n'as pas voulu. Tu semblais être pressé de venir ici… Maintenant tu es content ?

— Non.

— Mais c'est ça que tu voulais, non ?

— Si, mais pas de cette façon.

— Alors comment ? Tu pensais qu'on allait te conduire jusqu'à l'hôtel Intercontinental, dans une voiture décorée avec des fleurs, accompagné d'un orchestre ?!

— Je ne parle pas de l'accueil, mais du jugement. Ce jugement sans procès. Je ne veux pas partir de ce monde sans rien dire, sans avoir le dernier mot.

— Tu te prends pour qui ? Pour le Prophète ? Est-ce parce que ton nom signifie le Saint Messager ? » Il pose la lampe par terre. « Assieds-toi et mange un peu !

— Où est le commandant Parwaiz ?

— Qui est-ce ?

— C'est le responsable de la sécurité de la ville, installé au ministère des Informations et de la Culture.

— Et alors ?

— Je veux le voir.

— Il fait déjà nuit. Ce soir, on a annoncé le couvre-feu. Ça bataille dehors. Même une mouche n'oserait pas voler. Je vais rester un peu avec toi », au gardien : « On veut rester seuls quelques minutes. Tu peux lui enlever les chaînes ? Je te jure qu'il ne se sauvera pas. Ne t'inquiète pas. Il est venu de son propre chef.

— Et il va partir aussi de son propre chef !

— Je m'en porte garant. Tu me connais. Lui aussi est un musulman. Il a fait une erreur, laisse-le vider son cœur. »

Le garde réfléchit, puis cède en quémandant du tabac. Rassoul lui offre son paquet. « Oh la vache, il fume des Marlboro ! » Il en prend deux, rend le paquet, et s'en va. Le greffier s'assied.

« Allez, mange un peu », et il pousse le plateau vers Rassoul, qui n'a pas faim, ou qui n'a pas envie de manger.

« Mange ! L'appétit vient en mangeant. Nourris-toi un peu pour que le sang irrigue ton cerveau, tu comprendras peut-être ce qu'on te dit. Pourquoi veux-tu plaisanter avec ces gens-là ?

— Je ne plaisante pas. Je veux être jugé parce que je suis un assassin, et non parce que je suis le fils d'un communiste.

— Soit tu es naïf, soit tu n'as jamais vécu dans ce pays, soit tu ne connais rien à l'islam et à son *fiqh*. Tu sais que, selon la *charia*, tuer quelqu'un est un délit susceptible de *qisâs* : œil pour œil, dent pour dent. Et c'est tout. C'est un jugement qui relève du droit des hommes. C'est la famille de la victime qui décide de tout. Par contre, toi, en tant que communiste, tu es un *fitna*, un renégat. Donc, tu es jugé selon la loi d'*Al-hudûd*, peine égale, sanction établie par le droit d'Allah. Tu comprends ça ? J'espère que ce n'est pas une devinette pour toi.

— Je te comprends bien. Mais, d'abord, mon père était communiste, pas moi ! Et…

— Non, tu ne comprends rien ! Dans ce pays, depuis quand juge-t-on quelqu'un en tant qu'individu ? Jamais ! Tu n'es pas ce que tu es. Tu n'es que ce que sont tes parents, ta tribu. Ça, c'est peut-être un peu trop compliqué pour toi. Vas-y, mange un peu !

— Même toi, tu ne me prends pas au sérieux.

— Si, je te prends au sérieux, mais je ne te

comprends pas, parce que toi-même tu ne sais vraiment pas ce qui te ronge de l'intérieur. Est-ce la culpabilité ? Ou l'absurdité de ton crime ?

— Ni l'une ni l'autre. C'est le mal de vivre.

— N'embrouille pas tout. C'est parce que tu vis mal ton crime, ta culpabilité…

— Je vis mal mon crime, parce qu'il ne surprend personne. Et que personne ne le comprend. Je suis las. Las et perdu… »

Las et perdu, avec ces deux mots suspendus dans son esprit : *Que faire.*

Il fait noir, et le greffier ne peut pas voir ces mots dans les yeux de Rassoul, comme lui les voyait dans le regard de l'âne.

Il faut qu'il lui raconte l'histoire de *Nayestan.* Le vieux le comprendra, peut-être.

Et il la raconte.

Cette fois-ci, il s'attarde sur deux moments du récit. D'abord sur l'étrange sensation qu'il avait éprouvée dans les roseaux à la fin de la journée, lorsqu'il s'était réveillé d'une sieste profonde : « Une angoisse — d'abord vague, palpable ensuite — m'a envahi. Elle était accompagnée, bizarrement, d'un étrange sentiment de détachement. Un détachement qui ne venait pas de moi. Il était là, dans le ciel, dans les roseaux, dans le vent, en dehors de moi… Tout se détachait de mon corps, de mon esprit, en un mot : de mon *djân.* Tout s'éloignait de moi. D'où venait ce sentiment ? Du ciel vide ? Du souffle dans les roseaux ? De la vaine attente de mon père ?… Je ne comprends toujours pas. »

Ensuite, bien sûr, il décrit avec beaucoup de détails le regard de l'âne. Cette fois, il lit dans ce regard un autre sentiment : « Il n'exprimait pas seulement son étonnement, *Que faire*, mais aussi sa lassitude, en suppliant : "Finissez-en avec moi !" C'est ce que l'âne quémandait. Il ne comprenait pas ce qui lui était arrivé. Il se sentait condamné à faire et refaire le même chemin, perpétuellement. Donc, il voulait en finir. Et comme il ne le pouvait pas, il nous demandait, à nous, de le faire pour lui. Ainsi, en nous imposant son exécution, il nous incitait à réfléchir à notre propre situation, à notre propre sort. »

Le greffier donne un morceau de pain à Rassoul, et en prend aussi. Tout en trempant le pain dans le ragoût, il dit : « C'est joli comme histoire. Cela me fait penser à celle de Mollah Nasroudin. Un jour il rentre chez lui tout joyeux et heureux. Sa femme lui demande la cause de son état. Mollah répond : "J'ai perdu mon âne." Sa femme rétorque : "Et cela te rend heureux ?" Il dit : "Eh oui ! Je suis content parce que je n'étais pas sur l'âne quand je l'ai perdu, sinon je me serais perdu, moi aussi !..." Je sais que ce n'est pas le moment de raconter des histoires drôles. Mais ton récit m'a fait penser à celle-ci. Vous vous êtes perdus parce que l'âne s'était perdu. Et aujourd'hui, tu veux être condamné à mort parce que l'âne te l'a appris ! C'est bien, très bien d'apprendre tout, de tout ; même la volonté de mourir, même auprès d'une bête. » Il se lève. « Demain dès l'aube, à l'heure de la prière, j'irai trouver ton commandant. Maintenant, mange et dors. » Il prend la lanterne et s'en va, déclamant dans le silence du couloir : « *Ceux qui ont rejoint le cercle de l'élite et de la morale / Et qui, parmi les maîtres, sont devenus la bougie / Ils n'ont pas su voyager jusqu'au bout de la nuit / Ils ont raconté une histoire puis se sont endormis.* » Il disparaît dans l'intensité noire de la nuit.

Rassoul retourne à sa place. L'odeur de la nourriture envahit la cellule. Nauséabonde. Il ressort avec le plateau. Au fond du couloir, une faible lumière rompt l'obscurité, et guide Rassoul vers une porte entrouverte. Il retrouve le jeune garde en train de fumer un joint. Il lui tend le plateau, l'autre le remercie et lui propose une bouffée de haschisch. « Ça fait huit mois que je suis ici. Toi, tu es mon premier et mon seul prisonnier. Tu n'avais rien de mieux à faire que de venir te rendre et nous emmerder ? !... Qu'est-ce que tu as fait ? » demande-t-il en mangeant un gros morceau de pain.

« J'ai tué.

— Tu as tué ton père ?

— Non.

— Ta mère ?

— Non.

— Ton frère ?

— Non.

— Ta sœur ?

— Non. Personne de ma famille. J'ai tué une vieille femme.

— Par vengeance ?

— Je ne sais pas. »

Ils se taisent, ensommeillés, regards perdus dans les volutes de fumée qui se lèvent des ailes consumées d'une noctuelle, venue honorer la flamme de la lanterne.

Un rai de lumière traverse la fenêtre, éclaire en partie le mur taché d'humidité, abîmé par le temps, couvert d'écrits et de dessins des prisonniers. L'un, philosophe, a griffonné : « *Tout finit par passer* », un autre, amoureux sans doute : « *L'amour n'est pas un péché* », et encore un autre, poète :

« *Je suis, moi, hébété,*
et de rêves, habité.
Le monde tout entier dans le sommeil plongé.
Moi, impuissant à les dire ; eux, incapables d'entendre. »

Rassoul les connaît. Il les a déjà entendus, lus. Mais c'est le dernier qui l'intrigue le plus. C'est de qui ? Qui est-ce qui l'a écrit ? Quand ? Pour qui ?

Pour moi.

Il s'approche du mur, caresse l'écriture. Mais le bruit de pas qui retentit dans le couloir fige ses doigts sur les lettres. Quelqu'un ouvre la porte, des hommes en armes entrent dans la cellule, visages masqués par l'ombre. Rassoul se recroqueville sur lui-même, mais se redresse en entendant une voix connue : « Comment va notre *watandâr* ? » C'est Parwaiz, accompagné de deux hommes et du greffier. Rassoul bondit. « Salam ! » Parwaiz, surpris de l'entendre : « Tiens ! Tu as retrouvé ta voix ?

— Oui, depuis deux jours.

— Enfin, tu peux donc tout me raconter. Je veux tout entendre de ta bouche.

— Je suis venu me livrer à la justice.

— Le greffier me l'a raconté », dit Parwaiz. Rassoul reprend son récit : « La nuit où on m'a emmené chez vous, je venais de commettre un meurtre. »

Quittant la cellule, le commandant fait signe à Rassoul de le suivre. « Les événements ne coïncident jamais par hasard ! Pourquoi tu as tué ?

— Pourquoi ? Je ne sais pas. »

Parwaiz s'arrête, le dévisage : « Comme nous tous !

— Peut-être. Mais… » Il s'interrompt. L'occasion pour le greffier d'intervenir : « Commandant *sahib*, il l'a tué pour sauver sa fiancée.

— Qu'est-ce qu'elle a fait à ta fiancée ? » demande Parwaiz à Rassoul, qui a du mal à s'exprimer sur ce sujet. Il a honte. Il garde un silence qui en dit long.

« Elle voulait l'entraîner… ?

— Oui.

— Tu as bien fait, alors », dit Parwaiz avec une si forte conviction qu'elle foudroie Rassoul et fait rire derrière lui le greffier. Rassoul s'arrête.

Il pense, j'ai bien fait? Lui non plus, il ne me prend pas au sérieux, lui, le chef de la Sécurité, un moudjahid, un homme de justice. Puis il dit : « Comment, bien fait? C'était un meurtre, un meurtre prémédité... », et, face au silence de Parwaiz, il se tait à nouveau.

Ils entrent dans la bâtisse où se trouve le bureau des Archives de la Justice. Au seuil d'une grande pièce, le greffier les quitte, en hochant la tête vers Rassoul pour lui dire non pas au revoir, mais : « Quel idiot ! »

Parwaiz se laisse tomber dans un fauteuil défoncé et fatigué, et invite Rassoul à s'asseoir en face de lui. Il reprend comme s'il ne s'était jamais arrêté de parler : « À ta place, j'aurais fait pareil.

— Mais à quoi ça sert, je n'ai rien pu changer ni dans ma vie ni dans celle de ma fiancée. Je n'ai fait de bien à personne. Il y a plus de souffrances que de bienfaits.

— Pour faire du bien, il faut d'abord souffrir...

— Pire encore. Ma vie est devenue un enfer. J'ai perdu ma fiancée et l'argent... Un crime pour rien... Même le cadavre a disparu. Tout le monde pense que *nana* Alia est partie. Dites-moi, existe-t-il un crime plus ridicule ?

— D'abord, dis-moi pourquoi tu n'es pas allé jusqu'au bout de ton forfait ?

— Justement, je me pose la question. C'est peut-être parce que je n'ai pas pu...

— Ou parce que tu n'as pas voulu. Car tu n'es pas un bandit. Tu es un homme juste.

— C'était aussi la faute de Dostoïevski.

— La faute de Dostoïevski ? Qu'a-t-il encore fait, ton grand auteur ?

— Il m'a interdit d'achever mon acte.

— Comment ça ?

— J'avais à peine levé la hache pour l'abattre sur la tête de la vieille dame que l'histoire de *Crime et châtiment* m'a traversé l'esprit. Elle m'a foudroyé... Dostoïevski, oui, c'est lui ! Il m'a défendu de suivre le destin de Raskolnikov, de devenir la proie de mes remords, de sombrer dans l'abîme de la culpabilité, de finir en prison...

— Et où en es-tu maintenant ? ! »

Rassoul baisse la tête et murmure : « Je ne sais pas... Nulle part.

— Rassoul *djân,* tu lis trop. C'est bien. Mais sache une chose : ton destin n'est écrit que dans un seul livre, le *Lawhé Mahfouz,* le livre caché, écrit par... », il pointe son index vers le plafond, où volettent quelques mouches. « Les autres livres ne peuvent rien changer ni dans le monde ni dans la vie de quelqu'un. Regarde. Est-ce que Dostoïevski a pu changer quelque chose dans son pays ? A-t-il pu influencer un certain Staline ?

— Non. Mais s'il n'avait pas écrit ce livre il aurait peut-être lui-même commis un crime. Et il m'a donné à moi cette conscience, cette capacité de me juger, et de juger Staline. C'est déjà énorme. Non ?

— Oui, c'est énorme », fait Parwaiz, se murant dans un long silence. Puis il dit : « C'est pourquoi je te félicite pour ton jugement et ton acte ! », il sourit, « tu as pu éliminer un élément néfaste de la société. La mort de cette femme a dû soulager pas mal de gens. D'ailleurs, c'est la raison de la disparition de son cadavre. C'est peut-être sa propre famille. Et si tu ne l'avais pas assassinée, quelqu'un d'autre l'aurait fait ; Allah l'aurait fait ; une roquette lui serait tombée sur la tête… qui sait ! Alors tu dois admettre que tu as fait du bien à plusieurs personnes…

— Et moi ?

— Quoi, toi ?

— Qu'est-ce que j'y gagne, moi ?

— Tu dois reconnaître que tu as fait quelque chose d'important : rendre la justice.

— La justice ! Mais quelle justice ? Qui suis-je pour décider de la vie et de la mort de quelqu'un ? Tuer est un crime, le plus odieux qu'un être humain puisse commettre.

— *Watandâr*, le meurtre est un crime quand la victime est innocente. Cette femme devait être punie. Elle avait fait du tort à ta famille, à ton *nâmouss*. Elle t'avait déshonoré. Ce que tu as fait, ça s'appelle la vengeance. Personne n'a le droit de te juger comme assassin. Voilà, c'est tout.

— Commandant, mon problème n'est pas de savoir comment les autres me jugent ; mon problème c'est moi. Cette souffrance qui me ronge de l'intérieur, comme une plaie, une plaie ouverte, incurable.

— Dans ce cas, tu n'as que deux solutions : soit tu t'amputes du membre blessé, soit tu t'habitues à ta douleur. » Il enlève son *pakol*, tourne la tête, et lui désigne un endroit derrière son crâne : « Regarde ici. »

Rassoul se penche en avant, et regarde.

« Touche. »

Rassoul approche sa main, craintivement; son doigt effleure le crâne de Parwaiz. « Tu sens quelque chose ? » Rassoul hésite avant de répondre, puis retire brusquement sa main.

« Tu sais ce que c'est ? C'est un éclat d'obus. » Parwaiz remet son *pakol*. « Ça fait des années que je l'ai, enfoncé à l'intérieur. C'était pendant le djihad. J'étais venu à la maison voir ma femme et mon fils. Les Russes ont appris notre arrivée au village, ils l'ont bombardé. Une roquette a frappé notre maison. Un grand éclat a rendu ma famille martyre, et un petit morceau m'est resté dans le crâne. Je n'ai jamais voulu l'enlever. J'ai voulu vivre avec ça; pour que la douleur m'empêche d'oublier la mort de mes proches. Cet obus m'a rendu la force et l'espoir dans le djihad. Un médecin français m'a dit qu'il fallait l'enlever, que je ne pourrais pas vivre plus de dix ans avec. De toute manière, je ne veux pas vivre plus de dix ans. » Un rire éclatant pour teinter son propos amer. « Toi aussi, tu as un obus, un obus intérieur, une plaie intérieure, une plaie qui t'a donné la force.

— La force de quoi ?

— La force de vivre, et de rendre la justice. »

Un jeune homme leur apporte le petit déjeuner. Le commandant lui demande des nouvelles de Jano. « Aucune nouvelle de lui. On ne l'a pas encore retrouvé…

— Comment ça ? Il n'a pas disparu dans la nature ! Qu'on le cherche partout !

— Je l'ai croisé il y a quatre ou cinq jours », intervient Rassoul.

« Où ?

— Il m'a invité à prendre du thé dans la *tchaykhâna* de Soufi. Là-bas, il a rencontré des moudjahidin avec lesquels, pendant le djihad, vous aviez mené ensemble une opération contre une base militaire soviétique.

— Tu te rappelles leurs noms ?

— C'était les hommes du commandant… Nawroz, je crois. » Parwaiz s'inquiète de plus en plus. Préoccupé, il demande au jeune homme d'aller à la *tchaykhâna* de Soufi et de se renseigner. Après un moment de réflexion, il reprend : « Prenons le cas de Jano. C'est mon fils adoptif. Les Russes ont détruit son village, massacré sa famille. Mais il a pour vivre la force d'un lion. Et ça, justement, à cause de sa volonté de vengeance », et il laisse Rassoul méditer ses mots.

« Vos plaies à vous sont des blessures infligées par les autres. Mais ma plaie, c'est moi-même qui me la suis faite. Au lieu de redoubler ma force, elle m'étouffe, elle ne me conduit nulle part. Parfois, je pense que j'ai voulu assassiner cette vieille uniquement pour savoir si j'étais capable de tuer, comme les autres… » Il baisse la tête. Alors que Parwaiz lui sert du thé, il continue comme s'il se parlait à lui-même : « J'ai vu que je n'étais pas fait pour ça. L'autre jour, j'ai voulu tuer quelqu'un d'autre et je n'ai pas réussi…

— Peut-être que lui, il était innocent ?

— Innocent ? Je ne sais pas. Mais il avait insulté ma fiancée, il l'avait chassée du mausolée Shahé do Shamshiray Wali.

— C'est tout ? » Il pose le thé devant Rassoul. « Tu ne peux pas tuer sans raison.

— Je voulais peut-être le tuer pour en finir avec mon crime raté.

— Et ce meurtre aussi aurait été raté, car tu l'aurais commis sans raison.

— Je crois que c'est toujours comme ça. On recommence un ouvrage dans l'espoir de pouvoir oublier le précédent que l'on juge raté… Ainsi perdurent les crimes, une spirale infernale. C'est pourquoi je me suis livré à la justice, pour qu'un procès mette un terme à tout ça.

— *Watandâr*, tu sais bien qu'un procès n'a de sens que s'il existe une loi, celle qui fait respecter les droits. Qu'en est-il aujourd'hui de la loi et du pouvoir ?

— Toi aussi, tu cherches la vengeance ?

— Peut-être.

— *Œil pour œil, et le monde finira aveugle*, disait Gandhi.

— Il avait raison. Mais quoi que l'on fasse, la vengeance est ancrée en nous. Tout est vengeance, même un procès.

— Alors la guerre ne finira jamais.

— Si. Le jour où un camp décidera de consentir au sacrifice, et de ne plus demander vengeance. D'où la nécessité de faire le deuil, le deuil de ses actes, de son crime, de sa vengeance. Et jusqu'au deuil du sacrifice. Mais qui peut faire ça ? Personne. Même pas moi. »

Parwaiz a conscience de tout. Il est capable de tout. Ne le lâche plus. À toi de le secouer, de le ramener à sa mission. Il lui manque seulement un sacrifice, un complice. Tu le seras. « Je veux que la justice me fasse un procès. Je veux être sacrifié. » Silence, à nouveau. C'est le regard de Parwaiz qui le condamne au silence. Un regard admiratif et interrogatif. Rassoul reprend : « Avec ce procès, j'en finirai avec ma souffrance… Il me donnera l'occasion d'exposer mon âme à tous ceux qui, comme moi, ont commis des meurtres…

— Arrête de te prendre pour le personnage de Dostoïevski, s'il te plaît. Son acte à lui a un sens dans sa société, dans sa religion.

— Vous savez que ce qui a réveillé l'Occident, c'est le sens de la responsabilité qui est né du sentiment de culpabilité.

— *Mâshâllah !* » Parwaiz s'agite, renversant son thé. « Que Dieu soit loué de leur avoir donné ce sentiment de culpabilité, sinon que serait devenu le monde ! », et il éclate d'un rire sarcastique. « Tu veux vraiment te sacrifier à tes fantasmes.

— Je préfère me sacrifier à mes fantasmes que de sacrifier les autres. Je veux qu'avec ma mort… »

Des coups de feu, non loin du *Wellayat,* l'interrompent. Parwaiz, en se versant du thé, attend la suite.

« Je veux que ma mort soit un sacrifice…

— Le pays n'a plus besoin de morts, de *shahids*…

— Ah, non ! Je ne veux pas être *shahid*… »

Arrête-toi là, Rassoul ! Tu es déjà allé trop loin.

J'ai encore des choses à lui dire.

Des choses entendues mille fois !

Oui, mais pas par lui. Lui peut me comprendre. Il sait que l'existence d'Allah n'a pas besoin de témoins, de martyrs.

S'il le sait, inutile d'en parler. Achève ton prêche : « Je veux que mon procès, mon jugement témoignent de ces temps d'injustice, de mensonge, d'hypocrisie…

— *Watandâr*, dans ce cas il faut faire le procès de toute la nation.

— Pourquoi pas ? Mon procès servira à faire celui de tous les criminels de guerre : les communistes, les seigneurs de guerre, les mercenaires… »

Un long silence s'installe. Parwaiz ne boit plus son thé. Il est ailleurs, là où se perd son regard. Loin. Très loin. Au-delà du jour qui s'invite à la fenêtre. Puis, soudain, il se lève. « *Watandâr*, reprends ta vie, rejoins ta famille. Va-t'en ailleurs ! Ici, cette sale guerre, comme toute guerre, a ses lois, ses règles. » Rassoul se lève aussi. « Mais toi, tu peux en changer les règles. » Parwaiz le regarde longuement, lui tend la main. « Je te ferai signe quand cela se produira. *Ba amânê Khodâ*. Rentre chez toi ! »

Il n'ose entrer dans sa chambre d'où s'échappent de petits cris et des rires. Il n'ose briser cette joie qui règne dans sa demeure. Il entrouvre silencieusement la porte. Les filles de Yarmohamad et deux autres enfants jouent avec ses livres, en construisant des maisons avec, les unes sur les autres. Leurs poupées dans leurs mains innocentes errent d'un étage à l'autre : « *Khâla, khâla,* donne-moi du feu !

— Je n'en ai pas, monte là-haut !

— *Khâla, khâla,* donne-moi du feu !

— Je n'en ai pas, monte là-haut !

— *Khâla, khâl…* »

Cette gaieté délasse Rassoul qui reste sur le seuil, se refusant à détruire ce monde où personne n'a de feu. Il laisse les enfants jouer leurs rêves.

Il redescend l'escalier. Aucun signe de Yarmohamad ni de Rona. Il se retrouve dans la rue, vide de toute âme. Le soleil, insolent, pénètre la peau, fait bouillonner le sang, suscite d'étranges sensations, d'étranges sentiments de désolation intérieure.

Tout corps est une ruine pesante.

Tout corps a besoin d'éther.

Il faut du chanvre, encore et toujours.

Dans la *sâqikhâna*, il n'y a personne, sauf Mostapha, courbé en deux dans un coin, à côté d'un narguilé éteint. « *Salam !* », lui lance Rassoul. L'autre, somnolent, se redresse légèrement, remue la tête en guise de réponse, et demande, comme pour rendre hommage à son ami Jalal : « Est-ce que la guerre a commencé ? » « Non », fait Rassoul. L'autre l'invite à s'asseoir. « Est-ce que tu as un *tali* de haschisch ?

— Si j'en avais, je ne serais pas venu. »

Mostapha se lève avec beaucoup de peine et, en disant « tout le monde est parti », se rend dans l'autre coin du fumoir, « après la mort de *kâka* Sarwar...

— Il est mort ?

— Oui, on l'a tué. Un jour, ivre mort, il s'est rendu à la mosquée, il est monté en chaire et s'est emparé du haut-parleur pour réciter le verset 18 du Coran. Tu sais, ce verset qu'il aimait citer. L'histoire des *Yâdjûdj* et *Mâdjûdj* », il descelle une brique du mur, « nous, on était ici. On l'entendait. On a entendu des coups de feu tirés sur lui. » Il introduit sa main dans le trou, fouille ; puis, avec un gémissement étouffé, il la retire. Il tient un scorpion par la queue qu'il dépose dans le fourneau du narguilé. « Il nous reste plus que ça à fumer », ricane-t-il tristement. Il frotte une allumette et enflamme l'animal. Les yeux fermés, il aspire la fumée qu'il garde longtemps dans ses poumons. Il passe l'embout du narguilé à Rassoul, avant de se pelotonner à nouveau dans son coin. Hésitant, Rassoul tire une brève bouffée, puis une deuxième, plus longue. Ça brûle comme s'il avait avalé le scorpion avec son venin. Sa gorge se noue. Ses veines s'agitent comme des petits serpents blessés qui tentent de percer sa peau pour s'échapper. Il lâche le narguilé, s'appuie au mur et se lève. Tout tourne. Tout sombre. La porte est à deux pas, mais il met une éternité pour l'atteindre.

Au-dehors, le soleil est toujours là, sur les nerfs, dur et désolant. Rassoul, de plus en plus enivré par le poison, s'en va.

Où est l'ombre ?

Où est la douceur ?

Où est Souphia ?

C'est toujours dans l'ivresse que tu penses à elle.

Non, dans mon abîme poétique.

Ou dans tes abominables supplices. Tu ne l'aimes que pour ça.

Il arrive devant chez elle. Il veut frapper, mais sa main reste suspendue, comme sa pensée.

Que veux-tu d'elle ?

Rien.

Recule.

Mais, je ne veux que lui parler.

Qu'est-ce que tu as de plus à lui dire ? Que lui as-tu dit jusqu'à présent ? Rien. Avec ou sans voix, tu n'as rien à dire, rien à faire, sauf à ruminer tes idées avachies.

Non, je ne vais pas rabâcher cette fois-ci. Promis. Je l'emmènerai, comme autrefois, à la colline de Baghébâlâ, dans les vignes, pour que notre amour domine Kaboul. Je lui dirai qu'elle est vraiment belle. Elle rougira. Je me jetterai à ses pieds, et je lui dirai enfin que je me prosterne devant elle non seulement pour sa beauté innocente, mais aussi pour sa souffrance. Et elle me dira que cela fait longtemps que je ne lui ai pas dit d'aussi tendres choses. Je lui dirai que j'avais beaucoup de choses à lui dire, mais que la guerre ne nous en a pas laissé le temps. Et je l'embrasserai. Elle tendra la main pour se saisir de la mienne. Je lui demanderai de partir avec moi. Loin. Très loin. Dans une très belle vallée, où personne ne sait encore parler, où donc aucun être n'a encore l'expérience du mal. Une vallée nommée vallée des *Infans retrouvés.*

Des bruits de pas retentissent dans la cour de la maison, éloignent Rassoul de la porte. Deux femmes sous leur *tchadari* sortent et, sans lui prêter attention, disparaissent dans une autre ruelle. Qui était-ce ?

Souphia et sa mère ?

Elles ne m'ont pas vu. Ou bien elles ne m'ont pas reconnu. Je n'existe pas. Je ne suis plus rien.

« Souphia ! » Le cri ne sort plus, se perd dans ses cordes vocales. Comme avant. Adossé au mur, il se laisse choir à terre. Enlace ses jambes pliées. Pose sa tête. Ferme les yeux. Et reste ainsi quelques instants, une éternité.

Ici, il restera.

Ici, il mourra.

Ici.

Et cela fait des années et des années, voire une éternité, qu'il est ici, au pied de ce mur.

Cela fait des années et des années, voire une éternité, qu'il attend Souphia.

Et Souphia ne le voit jamais, ne le reconnaît jamais…

« Rassoul ? » La voix de Daoud lui fait lever la tête. Le garçon, un bidon de pétrole à la main, est debout devant lui. « Bonjour, Rassoul.

— Quelle surprise ! Tu n'es pas sur le toit ?

— Tu crois que ma mère me laisse travailler tranquillement. Souphia est souvent absente.

— Elle travaille ?

— Oui. Toujours chez *nana* Alia qui a disparu, et Nazigol a peur de rester seule. Souphia passe son temps avec elle, même la nuit. Mais elle revient nous voir de temps en temps. » Il pose le bidon de pétrole à terre. « C'est lourd… Et toi, tu ne viens plus nous voir ?

— Tu vois, je suis là. »

Le garçon se frotte les mains, reprend le bidon,

« Il faut que j'y aille, ma mère m'attend », il attend que Rassoul se lève, « tu viens ?

— Je voudrais voir Souphia.

— Elle est là.

— Je crois qu'elle est sortie.

— Peut-être. Viens prendre un thé.

— Non, un autre jour. »

À peine Daoud est-il rentré chez lui que Rassoul, après un instant d'hésitation, frappe à la porte. Daoud lui ouvre. « Ne dis ni à Souphia ni à ta mère que je suis venu. » Le garçon hoche la tête, les yeux baissés, comme pour déverser sa tristesse à ses pieds, sur la terre. Il referme la porte, et il emmène avec lui le désespoir de Rassoul.

Rassoul se met en route, mais au bout de trois pas il s'arrête, sort l'argent.

Je n'en ai aucun besoin.

Il revient sur ses pas et frappe de nouveau à la porte. Et c'est toujours Daoud qui ouvre. Rassoul lui donne toute la liasse : « Et pour ça aussi, ne dis rien. Donne ça à Souphia. Dis-lui que tu l'as gagné en vendant tes pigeons ! » Sidéré d'avoir une nouvelle fois autant de billets dans les mains, le garçon reste cloué dans l'embrasure de la porte jusqu'à ce que Rassoul disparaisse dans la poussière que soulève une camionnette.

De retour chez lui, Rassoul ne croise ni Yarmohamad ni sa femme.

Comme il l'espérait.

Il rentre dans sa chambre. Les enfants sont

parties. Il n'y a plus que des mouches autour du plateau de fromage et des raisins secs. La serviette qui les couvre est maintenant complètement noire, noire de pourriture. Son lit est, comme toujours, défait, indifférent. Cette indifférence s'enlise dans les livres, éparpillés partout, couvertures mouchetées ; dans les vêtements sales s'empilant dans un coin ; dans la cruche vide, gisant à terre…

Pourquoi tout est indifférent à mon retour ?

Il prend un verre.

Tout m'ignore.

Il jette le verre sur son matelas. À travers la fenêtre, il regarde la cour vide, vide des cris des enfants.

Rien ne me reconnaît plus.

Une souris insouciante traverse la pièce.

Comment pourrai-je vivre avec cette indifférence que me témoignent mes objets ?

Repoussant du pied son oreiller, il reste un long moment debout au milieu de sa chambre.

Rien n'est pire que de ne plus appartenir à son propre monde. Nul objet ne veut me posséder.

Personne ne veut me juger.

Cet acquittement, qui lave la conscience de tous, me dépossède de mon crime, de mon geste, de mon existence.

Et cela demeurera tant que le mystère de mon acte persistera. je dois retrouver le cadavre de *nana* Alia.

« Tuer pour exister, c'est le principe de toutes les tueries, mon cher Rassoul », dit le greffier en glissant ses dossiers sous son bras ; et, d'un pas pressé, il se dirige vers la sortie du bureau des Archives. Rassoul le suit. « Je ne veux plus de la théorie, je te demande simplement de m'aider à percer ce mystère. »

Le greffier s'arrête net : « Tu me prends pour un détective ? Tu n'es pas dans un film policier ni dans un roman de… Agatha… Christie ! Va voir ton protecteur, le commandant Parwaiz.

— Je suis allé le voir. Mais il est très préoccupé et affecté par la disparition de son fils adoptif. On dit qu'on l'a assassiné, qu'on lui a coupé la tête…

— La *danse des morts* ! »

Ils se taisent. À la sortie du bâtiment, Rassoul l'arrête : « Il n'y a que toi qui puisses m'aider. Tu connais beaucoup de choses. Tu as dû traiter beaucoup de cas, entendre de nombreuses histoires…

— Ça, oui ! Mais jamais comme la tienne ! Dans ton cas je ne peux rien faire.

— Si. Aide-moi à trouver le cadavre de *nana* Alia.

— Mais quel est l'intérêt de ce putain de cadavre ?

— Prouver que j'ai tué.

— Nul besoin de le prouver. Tout le monde sait que tu as tué. Et si tu veux te trimballer dans les rues avec un cadavre, alors grouille ! Ce matin même, au cimetière de Dehafghânan, on a découvert trois cadavres décapités, complètement décomposés, que l'on avait cachés dans une tombe. Vas-y, dis que c'est toi leur meurtrier ! »

Rassoul ne dit plus rien.

Arrivés dans la cour du *Wellayat*, ils sont interpellés par un garde du *Qhâzi sahib* qui, en voyant Rassoul, demande : « Qu'est-ce que tu fais ici ?

— Hier, le commandant Parwaiz a parlé au *Qhâzi sahib*, c'est bon, tout est réglé », répond le greffier, puis il s'adresse à Rassoul : « On discutera de ta demande un autre jour. Maintenant sauve-toi !

— Oui, mais... je ne sais pas où aller.

— Rentre chez toi, jeune homme ! »

Le garde s'interpose : « Non, attends ! Il est prisonnier ici.

— Plus maintenant.

— Comment plus maintenant ? Le juge le cherche. Comment peut-il être sorti sans son autorisation ? » Et avec son arme il bouscule Rassoul : « Allez, bouge de là ! »

Ahuri, le greffier s'approche de Rassoul et lui grommelle à l'oreille : « Mais tu es complètement fou ! Ta tête sent le *qhorma* ! Tu aurais dû rester muet, le monde serait tranquille.

— Je suis rentré chez moi, mais tout se refusait à me reconnaître, tout se détachait de moi, mes livres, mon lit, mes vêtements... Tout me rejetait. Je suis allé chez ma fiancée. Elle ne me reconnaît plus non plus...

— Ne t'inquiète pas ! Ici tout le monde te reconnaît », dit le garde qui tient maintenant Rassoul par le bras et ne le lâche plus. À grandes enjambées, il l'entraîne jusqu'au bureau du *Qhâzi sahib.* Leur entrée effraie un pigeon en train de picorer sur le secrétaire du juge. Il s'agite, vole partout et, paniqué, se heurte aux vitres, puis se rue vers la porte. Le *Qhâzi* hurle : « Fermez cette porte, vite ! » Puis, montrant le pigeon : « Empêchez la pièce à conviction de déguerpir ! » Le garde se précipite pour fermer la porte. Apercevant Rassoul, le juge s'emporte et demande au garde et au greffier : « Où était-il passé ?

— *Qhâzi sahib,* il avait quitté sa cellule ! » dit le garde. Ce qui met encore le *Qhâzi* en rage : « Comment il a quitté sa cellule ? Qui a donné l'ordre ? » Le greffier bredouille : « Le commandant Parwaiz l'avait convoqué, il a...

— Qui est le *Qhâzi* ici ? Lui ou moi ? Faites-le

disparaître ! Qu'il retourne dans sa cellule ! Enchaînez-le ! »

Deux hommes, assis devant le bureau du juge, se tournent vers Rassoul. L'un est le gardien du mausolée Shahé do Shamshiray Wali ; l'autre, un vieillard, celui qui donnait du blé aux pigeons du mausolée. En voyant Rassoul, ils sursautent. Le vieillard se précipite vers Rassoul : « Non, *Qhâzi sahib*, non, ce jeune homme est mon témoin. Il était au mausolée, il m'a vu… » Le juge, surpris, fait signe au garde de retenir Rassoul ; puis, montrant le vieillard debout maintenant à côté de Rassoul, il s'adresse au greffier : « D'abord, il faut constituer un dossier pour celui-ci.

— Pour quel délit ?

— Vol de pigeons, ceux du mausolée », répond le juge, et le gardien du mausolée l'approuve : « Il venait les nourrir tous les jours, avec du blé », se tourne vers le juge, « vous savez, avec du blé ! », puis vers le greffier, « donner du blé est un péché. Après, il volait les pigeons. Vous savez pourquoi ? », il s'adresse à nouveau au juge, « pour les griller et les manger. Ses voisins me l'ont dit. Ils m'ont dit que ça sentait les grillades chez lui, tous les jours…

— Moi, je n'ai jamais mangé de pigeons grillés. *Lâhawlobellah !* Les pigeons du mausolée Shahé Do Shamshiray Wali ? *Lâhawlobellah !* Il ment ! » crie le vieillard en se ruant vers le gardien : « Tu sais que la calomnie est un des plus grands péchés ?

— Alors il faisait quoi ce pigeon dans ta

poche ? » demande le gardien du mausolée, puis il dit au *Qhâzi* : « Je l'ai trouvé moi-même dans sa poche. » Le pigeon vole dans la pièce. Le vieillard, embêté, s'approche du juge : « Il picorait dans ma poche. Les pigeons de Shahé do Shamshiray Wali m'aiment, ils me font confiance. Regardez ! », il sifflote, le pigeon vole vers lui et se pose sur son épaule, « il a confiance en moi », puis il adjure le gardien, « ne mens pas, frère ! Tu es le gardien du mausolée, tu n'as pas honte, devant le *Qhâzi sahib*, et devant Allah, d'accuser à tort un frère musulman ? », et il supplie Rassoul : « Tu m'as vu, toi, l'autre jour. Dis-leur ce que je faisais là-bas…

— Ce jeune est aussi mêlé à cette histoire ? » demande le *Qhâzi*. Rassoul s'avance d'un pas pour dire : « Je ne l'ai vu qu'une fois, il y a deux trois jours. Ma fiancée et moi, nous étions allés prier. Et j'ai…

— *Qhâzi sahib*, vous avez raison, intervient le gardien du mausolée, ils sont complices. Cet homme-là est venu armé pour dérober l'argent des aumônes, il voulait me tuer aussi…

— Pourquoi tu mens ? » crie Rassoul, s'avançant vers lui. Le garde l'empêche. « Oui, je suis allé là-bas pour le tuer, mais pas pour voler. Seulement pour me venger, mais je n'ai pas pu…

— Tu es partout, toi ! Tu es qui, tu es quoi ? » dit le *Qhâzi*, en se penchant au-dessus de son bureau.

« *Qhâzi sahib*, permettez-moi de vous le dire », intervient à nouveau le gardien du mausolée, en se levant. « C'est un… excusez-moi, *Qhâzi sahib* — qu'Allah me remplisse la bouche de poussière ! —, cet homme est un maquereau. Oui, il est venu, hier, au mausolée, avec une… excusez-moi, *Qhâzi sahib* — qu'Allah me remplisse la bouche de poussière ! — avec une pute. Je l'ai chassée ; et lui, il voulait s'emparer de l'argent du mausolée. Ils n'étaient pas venus pour prier, ils n'étaient là que pour voler ! » Le pigeon vole devant lui. Le juge s'en prend à Rassoul : « Avec une femme impure ? *Fitna !* Tu sais que c'est à cause d'une femme impure que saint Shahé do Shamshiray Wali, dont la tombe sacrée demeure dans le mausolée, a perdu la vie. » Il se tourne vers les autres. « On dit que le saint, même décapité par l'ennemi, se battait avec vaillance, une épée dans chaque main. Et lorsqu'il est arrivé à Kaboul, une femme impure lui a jeté le mauvais œil. Le saint s'est effondré et a rendu l'âme. Dans les Hadiths, il est dit : "*Ne laissez pénétrer aucune femme impure dans l'enceinte d'un lieu sacré.*" Et lui, il amène une impure dans ce lieu sacré ! L'autre y vole les pigeons ! Que faites-vous de l'islam ? », il apostrophe le greffier : « Écris ! Écris que le châtiment réservé aux voleurs lui soit infligé », en désignant le vieillard, « accusé du vol de pigeons dans l'enceinte sacrée du mausolée. Qu'on lui coupe les deux mains. » Le vieillard, terrorisé, ouvre la bouche, incapable de parler. Le pigeon quitte son épaule, voltige, fait le tour de la pièce et revient se poser sur le bureau du *Qhâzi*. Le greffier s'approche du juge, lui chuchote à l'oreille : « *Qhâzi sahib*, je me permets de vous rappeler que, selon la *charia*, l'amputation d'un individu qui a volé un bien sans propriétaire, dans un lieu public, n'est pas une sanction valable.

— Pour quelle raison ?

— *Qhâzi sahib*, on a demandé à l'imam Ali si la sanction de l'amputation était applicable à un voleur d'animaux n'appartenant à personne, et dans un lieu public, le saint a répondu négativement.

— Tu veux me donner une leçon de *charia* ?

— *Astaghfrollah !* C'était simplement un rappel, vénérable *Qhâzi sahib*.

— Alors je te rappelle, moi aussi, quelque chose ici, je suis le *Qhâzi*. Et j'ordonne que les mains de cet homme soient coupées. » Le greffier tend une feuille et un stylo au juge : « Alors, je vous demande, *Qhâzi sahib*, de bien vouloir l'écrire de votre propre main.

— Toi aussi, tu me désobéis ? Et en plus tu me manques de respect ?

— Loin de moi toute pensée irrespectueuse, vénérable *Qhâzi sahib*. je crains que, le jour où vous ne serez plus là — qu'Allah vous garde sain et sauf dans ce monde ! —, on ne m'accuse, moi, d'avoir écrit un ordre contre la *charia*.

— Contre la *charia* ? Mon ordre est contre la *charia* ? Dehors ! Tu ramasses tes affaires et tu fous le camp d'ici, aussi vite qu'une balle ! »

Le greffier veut parler, mais le juge fait signe au garde de le jeter dehors. Le vieillard profite de cette occasion pour se mettre à genoux et supplier le *Qhâzi*. Mais celui-ci l'interrompt immédiatement : « Tais-toi, tais-toi ! juger sous la colère n'est pas recommandé », puis à l'un des gardes : « Remettez-le en prison, et ramenez-le demain ! »

Le garde sort avec le vieillard, le gardien les suit. Rassoul reste.

« Tu as apporté les bijoux ? » l'interroge le juge. S'avançant lentement vers lui, Rassoul fait : « Non.

— Comment, non ! Pourquoi alors as-tu quitté la prison ?

— Parce qu'on m'avait dit que je n'avais plus rien à faire ici.

— Qui ? » hurle le juge ; puis appelant le garde, il donne l'ordre de remettre Rassoul en prison. « En cellule d'isolement ! Et demain, envoyez-le à l'amputation, puis à la pendaison ! »

Derrière les barreaux, l'aurore, silencieuse, hésite entre chien et loup. Alors que les muezzins convoquent les fidèles à la prière, que les armes de la vengeance se réveillent, que Souphia dans son lit étreint son innocence, que Razmodin sauve l'honneur de la famille à Mazar-é Sharif… Rassoul, lui, oublie le monde qui le dépossède. Il est assis dans un coin de la cellule. Il n'attend personne. Il n'attend plus rien. Il décide de redevenir muet. Et même sourd.

Oui, je n'entends plus. Je ne parle plus.

« Nous ne sommes pas aptes à parler,
Si nous pouvions seulement écouter !
Il faut tout dire !
Et écouter tout !
Mais
Nos oreilles sont scellées,
Nos lèvres sont scellées,
Nos cœurs sont scellés. »

Il faut écrire ce poème ici, dans cette cellule, le graver sur le mur. Il cherche au sol un caillou, un morceau de bois. Il n'y a rien. Les ongles, alors. Il commence à tracer les mots sur la peinture écaillée. Il a du mal. Il a mal. Il appuie. Il saigne. Il écrit, toujours. Il écrit jusqu'à ce que des pas s'approchent et s'arrêtent devant sa cellule, qu'un cliquetis de clés résonne dans le couloir, que la porte s'ouvre, qu'une voix rauque s'élève et ordonne : « Sors ! » Il cesse alors d'écrire et reste immobile, impassible, regard rivé sur les mots.

Deux hommes armés pénètrent dans la pièce, le saisissent par les bras, le soulèvent. Sans un mot, ils le conduisent jusqu'à la salle d'audience. Derrière la porte, on perçoit un brouhaha, « assassin », « communiste », « argent », « vengeance »… Les mêmes mots entendus mille et une fois, et qui jadis l'effaraient, ou l'amusaient, mais aujourd'hui le rendent sourd. Il ne les entend plus.

On ouvre la porte.

Rassoul entre.

Et la salle se tait.

Tout le monde est là, assis sur des chaises en bois, tout autour de la salle. Tous barbus ; tous coiffés de turbans noirs, ou blancs ; de bonnets, *tcharmah, qaraqol, pakol…* Tous regardent Rassoul. Il est calme. Il balaye du regard la salle et s'arrête sur Farzan, qui, avec son éternel sourire triste sur les lèvres, sert du thé. Parwaiz aussi est présent, seul dans un coin, sombre, désolé, nerveux ; les yeux rivés au sol. À côté du *Qhâzi*, Amer Salam. Poitrine gonflée. Ses mains charnues, appuyées sur une canne, égrènent un chapelet. Il toise Rassoul, tout en bougeant la tête, impossible de savoir si c'est pour lui dire : « Nous y voilà enfin ! », ou pour faire sa prière.

Le *Qhâzi* lampe son thé ; les autres l'imitent, bruyamment. Farzan quitte la salle, jetant un dernier regard, encore plus triste, vers Rassoul. Le *Qhâzi* pose son verre et fait signe à un nouveau greffier, assis à ses côtés, que la séance peut commencer. Le greffier se lève, ferme les yeux et récite une sourate du Coran. La sourate finie, le *Qhâzi* demande à Rassoul d'avancer : « Présente-toi ! » Rassoul jette un regard inquiet vers Parwaiz et reste muet. Le juge s'impatiente : « Je te demande de te présenter ! » Silence. Parwaiz se lève : « Ce garçon est malade… il n'a plus de voix. » Le *Qhâzi* s'agite : « Comment, il n'a plus de voix ? Hier, il allait bien. Et aujourd'hui, il est incapable de parler ! » S'adressant à l'auditoire : « Frères musulmans, nous avons vaincu le communisme grâce à notre *djihad.* » Soudain, toutes les voix s'élèvent « *Allah-o Akbar* », trois fois. Et le *Qhâzi* reprend : « Mais des impies, les rescapés de ce régime agissent encore parmi notre peuple musulman, et poursuivent leurs crimes, perpétuent le mal. Cet individu que vous voyez ici en fait partie. Il y a quelques jours, il a sauvagement assassiné une veuve sans défense pour lui voler son argent et ses bijoux. Heureusement, les responsables de la sécurité de notre gouvernement moudjahid, sous les ordres du frère commandant Parwaiz, ici présent, ont réussi à l'arrêter. »

Parwaiz est surpris ; son regard inquiet cherche celui de Rassoul qui fixe avec obstination le sol. Il s'avance pour prendre la parole, mais le *Qhâzi* fait signe au greffier de réciter une nouvelle sourate du Coran. Tous se taisent. Fin de la récitation, et le *Qhâzi* reprend : « L'accusé a-t-il compris le sens de ce 33e verset de la sourate ? » Rassoul le regarde sans répondre. « Au lieu d'apprendre le russe, tu aurais dû apprendre la langue d'Allah. Impie ! Dieu a dit : *Le châtiment réservé à ceux qui font la guerre à Allah ou répandent le mal sur terre est de les tuer, de les pendre, ou de leur couper les mains et les pieds, ou bien de les exiler de leur terre natale.* »

Les hommes s'époumonent : « *Allah-o Akbar !* », toujours trois fois. Le juge boit une gorgée de thé : « Rassoul, fils de… Quel était le nom de ton père ? » Il attend vainement, puis : « Peu importe. Rassoul, fils de…, adulte et sain d'esprit, a avoué avoir assassiné une veuve, le 16 *assad* 1372 de l'hégire solaire, et avoir volé son argent et ses bijoux. Le tribunal le reconnaît donc coupable de vol et d'assassinat, et lui réserve selon la *charia* islamique le châtiment suprême, c'est-à-dire l'amputation et puis la pendaison… »

Alors que les hommes reprennent trois fois « *Allah-o Akbar* », un homme se lève et proteste : « Ce n'est pas juste ! » En réponse, d'autres cris emplissent la salle : « C'est juste ! » ; « c'est la loi de la *charia* ! » ; « c'est justifié, justifié ! » ; « donc c'est juste ! »… Le protestataire tente de se faire entendre : « C'est juste, couper les mains, ça c'est juste… » Il récite un verset du Coran, ce qui fait taire le chahut, et poursuit : « *Qhâzi sahib*, aujourd'hui, comme vous l'avez dit, grâce à Allah… » ; la salle : « *Allah-o Akbar…* » ; l'homme enchaîne : « … règne dans notre pays la loi de la *charia* qui est l'essence même de notre État islamique. Vous voulez qu'on suive cette loi ? Alors tout doit être exactement basé sur le *fiqh*. D'abord, cet homme n'a plus de voix…

— Si, ce *fitna* a sa voix, mais il fait semblant », dit le *Qhâzi*, puis il s'adresse aux gardes : « Hier, ce *fitna* parlait. Vous étiez présents.

— Oui, *Qhâzi sahib*. Nous sommes témoins que ce *fitna* parlait bel et bien. »

Le *Qhâzi* se tourne vers l'homme et lui demande : « Donc, ne rentrez pas dans son jeu. Continuez !

— D'accord, on oublie son mutisme. Mais, puisque la victime est une femme, assassinée par un homme, selon notre sacro-sainte loi le meurtrier ne doit pas être pendu parce que le prix du sang d'une femme est la moitié de celui d'un homme. » Un autre se lève pour protester : « Ce n'est pas possible.

— Il est possible d'exécuter le meurtrier si les parents de la victime paient l'autre moitié du prix à la famille de l'accusé.

— Ou bien le meurtrier est absous s'il donne une fille à la famille de la victime… »

De nouveau des cris s'élèvent : « Où sont les parents de la victime ?

— Il faut la venger !

— Si elle n'est pas vengée, le sang versé pèsera sur nous.

— Œil pour œil !

— Un instant, s'il vous plaît ! » demande le *Qhâzi*, qui reprend la parole en égrenant son chapelet : « Il y a d'autres accusations, plus graves encore. Il y a quelques jours, un musulman, le gardien du mausolée de Shahé do Shamshiray Wali, a dévoilé devant l'accusé et des témoins que ce *fitna* s'était rendu au lieu saint en compagnie d'une prostituée. De plus, il a menacé le gardien avec un revolver pour lui voler l'argent des aumônes. L'assassin a reconnu devant les témoins qu'il voulait tuer le gardien.

— Cet homme mérite la mort », crie l'un des hommes. « Menacer un innocent ? ! », s'exclame un autre. « C'est un péché ! » approuve l'assistance. « Tuer le gardien de Shahé do Shamshiray Wali ? *Lahawlobellah* !

— C'est un crime !

— C'est un affront à Allah et aux saints ! »

Devant tout ce vacarme, Rassoul ne ressent plus rien. Impassible. Seul son regard se pose un moment sur Parwaiz qui, silencieux, observe l'assistance. Les vociférations du juge parviennent à calmer la salle : « Au début de l'audience, ce n'est pas sans raison que je vous ai dit que l'assassin était un homme de l'ancien régime. Cet homme, de lui-même, m'a avoué qu'il s'est détourné de la Sainte Religion. »

Les cris deviennent frénétiques : « Le Satan !

— L'impie !

— Le renégat !

— Il mérite la pendaison ! »

De nouveau la voix criarde du juge domine la salle : « Oui, frères, devant vous, vous voyez un homme qui, selon le Coran, est un *fitna*, l'incarnation du Mal sur Terre. Alors le châtiment réservé par la *charia* aux voleurs, et aux renégats, doit lui être infligé. Donc, vendredi matin, après l'appel à la prière, au parc Zarnegar, et en public, il aura d'abord la main droite et le pied gauche coupés ; les membres seront posés sur des piques à la vue de tous. Ensuite, ce *fitna* sera pendu et sera exposé pendant trois jours pour servir de leçon à tous. La prostituée qui l'accompagnait pour souiller le tombeau de Shahé do Shamshiray Wali sera lapidée. Ainsi nous éradiquerons le mal de notre paisible ville…

— *Allah-o Akbar !* », trois fois.

Voilà donc ton procès, Rassoul. Satisfait ?

Je n'entends rien. Qu'est-ce qu'ils disent ?

Rien.

Parwaiz, triste et amer, s'approche de Rassoul, et s'adresse à l'assistance : « Frères musulmans, je conviens que les propos pertinents de *Qhâzi sahib* sont convaincants. Mais je me permettrai de faire quelques remarques. Nous n'avons pas arrêté cet homme, ni moi ni les forces de l'ordre. Il est venu de son propre chef se dénoncer.

— Pourquoi est-il venu de lui-même ? Il y a une raison ! » s'exclame le *Qhâzi*, la poitrine gavée d'arrogance.

« Oui, *Qhâzi sahib*, il y a une raison. Je vais vous l'expliquer », reprend Parwaiz, « J'ai rencontré ce jeune homme plusieurs fois. La première fois, c'étaient mes hommes qui me l'avaient amené à mon bureau. Son propriétaire l'avait dénoncé pour le non-paiement de son loyer. Ce soir-là, il avait vraiment perdu la voix. Ça se voyait. Et la dernière fois, quand il a retrouvé la voix, il est venu m'avouer avoir tué une femme. Il a tué une maquerelle pour sauver sa fiancée de ses sales griffes. Vu le personnage, il me semblait nécessaire de mener une enquête, et j'ai constaté que ce meurtre n'a ni victime, ni témoins, ni preuve. Il n'en existe nulle trace.

— Comme tous les assassins, ce vicieux a détruit toutes les preuves », dit le *Qhâzi*. Parwaiz revient vers Rassoul : « S'il avait eu une telle intention, il ne serait pas venu ici de lui-même, *Qhâzi sahib* ! Vu les meurtres commis aujourd'hui dans cette ville, même un enfant est capable d'effacer toutes les traces de son crime. Avons-nous pu arrêter l'assassin de nos jeunes filles ? Avons-nous trouvé une trace de ce meurtrier qui empoisonnait sans pitié nos femmes et nos enfants ? » Il se tait et laisse aux autres le temps de s'interroger et de prendre conscience de l'atrocité dans laquelle ils vivent. Sont-ils capables de comprendre ce que dit Parwaiz ?

« Maintenant, admettons qu'il y ait eu une victime. Ce n'est pas à moi à vous apprendre que, selon notre *fiqh*, il y a homicide quand la victime est *ma'sûm ad-dam*, innocente et protégée. Ce qui n'est pas le cas dans cette affaire. La victime est une maquerelle, donc condamnable à la lapidation. » Aucune protestation. « Le cas de ce jeune homme, qui s'est livré lui-même à la justice afin d'être jugé dans le cadre d'un procès public, me semble exemplaire. C'est une leçon fulgurante. Si, aujourd'hui, chacun de nous, à l'instar de cet homme, remettait en question ses actes, nous pourrions vaincre le chaos fratricide qui règne aujourd'hui dans le pays.

— Qu'est-ce que tu veux dire par là ?

— Tu compares les moudjahidin avec ce *fitna* ?

— Parwaiz, toi aussi ?

— Qui es-tu ? Un moudjahid, un libérateur, le guide de ton peuple, ou l'avocat de ce renégat et assassin ?

— En enfer, le Satan !

— Sois maudit, Parwaiz ! »

Parwaiz se place au milieu de la salle : « Il n'y a pas de meurtre. Écoutez-moi, c'est un meurtre imaginaire, l'illusion d'un meurtre, rien que pour remettre en question nos actes !

— C'est un fou ?

— Non, chers frères, non seulement il n'est pas fou, mais il est bel et bien lucide, conscient, même conscient de ses illusions. C'est nous qui sommes fous, nous qui n'avons aucune conscience de nos crimes ! » Tout le monde se lève, braille. « Écoutez-moi ! Ce jeune homme vous demande justice à cause d'une illusion… » Plus Parwaiz s'époumone, plus les hommes s'emportent. Finalement, ils se ruent sur lui et l'encerclent. C'est le chaos.

Rassoul rit.

Ne ris pas. Ils te mettront à l'asile d'Aliâbâd, parmi les fous.

Mais où suis-je, alors ?

Dans sa cellule, tout est obscur.

Une mouche s'est posée sur sa main. Il souffle ; elle s'agite, s'envole.

La saleté !

Pourquoi tant de haine et d'acharnement contre une si petite bête ?

Parce qu'elle ne fait qu'irruption dans ce monde.

Elle ne fait pas irruption. Elle vit dans son monde, parce qu'elle est de son monde. C'est toi qui viens d'ailleurs. C'est toi qui fais irruption dans un monde qui n'est plus le tien. Regarde-la, regarde avec quelle légèreté elle vit son monde.

Parce qu'elle n'a pas de conscience.

Elle n'a pas de conscience parce qu'elle n'en a pas besoin. Elle vit sa légèreté, sa mort… tout simplement.

Et elle revient se poser sur sa main. Il essaie de bouger, aucun mouvement dans les bras. Est-ce la chaîne qui lui interdit de lever la main, ou la mouche ? C'est elle, la mouche, sans aucun doute. Elle le paralyse. Elle lui parasite le monde.

Il étire le cou pour s'approcher de l'insecte, souffle à nouveau. Impossible. Son corps est raide, lourd, comme une pierre. Ils se regardent. Il lui semble que la mouche veut lui dire quelque chose, dans une langue incompréhensible. Des mots rythmés, presque du chant : *Tat, tat, tat… tvam, tvam… asi…* Puis elle bouge, vole et se pose sur le mur. Rassoul peut alors lever sa main, devenue légère. Les chaînes se défont sans aucun bruit. Il se lève pour attraper la mouche. Sur le mur, il ne voit que son image, telle une fresque. Il la touche. Le mur est presque liquide, pénétrable. Sa main le traverse. Il ne résiste pas. Le mur l'aspire. Maintenant tout son corps y pénètre. Une fois à l'intérieur, Rassoul se fige. Une image à la surface du mur, pareille à la mouche dont le chant lacère le silence du mur. *Tat, tat, tat… tvam, tvam… asi…*

« *Allah-o Akbar !* », l'appel à la prière secoue Rassoul, l'arrache au mur du sommeil. Il est là, au sol, les mains et les pieds enchaînés.

La voix rauque du muezzin s'éteint, et tout se noie dans le silence. Sauf le chant de la mouche qui résonne encore et toujours dans la tête de Rassoul, religieusement, *tat, tat, tat… tvam, tvam… asi…*, paisiblement. Elle ne l'agace plus.

Rien ne l'agace plus, même ce bruit de pas qui retentit violemment dans le couloir, et qui s'arrête derrière la porte, ni cette porte qui ne s'ouvrira plus jamais pour personne, si ce n'est pour la mort.

On ouvre le judas. « Lève-toi, tu as une visite », dit le gardien. Rassoul ne bouge pas. « Rassoul ! » C'est la voix de Razmodin. Rassoul se redresse lentement et voit les yeux angoissés de son cousin. Il s'approche de la porte. « Qu'est-ce que tu as encore fait ? » Rassoul hausse les épaules pour dire : rien de grave. Mais Razmodin attend un mot, sa voix. Il n'entend rien, comme toujours. Il s'énerve. « Dis-moi quelque chose, merde ! » Ses paroles résonnent dans le couloir. « Eh, doucement ! » s'exclame le garde. « J'étais à Mazar. J'ai emmené Donia et ta mère. On est allés directement chez toi, tu n'y étais pas. J'ai emmené Donia et ma tante à l'hôtel. J'ai fouillé toute la ville à ta recherche. Personne ne savait où tu étais, ni Souphia ni Yarmohamad… Tout le monde s'inquiète. À la fin, des hommes de Parwaiz m'ont mis sur ta trace… » Il s'interrompt, espérant entendre Rassoul, pour une fois. En vain. Il reprend : « Pourquoi as-tu inventé une pareille histoire ? Tu as perdu la tête ? » Rassoul reste impassible. « Fais quelque chose, avant qu'il ne soit trop tard, pour ta mère et pour ta sœur, pour Souphia… » Il s'écarte de la porte pour s'entretenir avec le gardien : « Laisse-moi, frère, entrer dans sa cellule.

— Non, c'est interdit.

— S'il te plaît. Tu auras une récompense. Tiens !

— Non… mais… alors juste pour une minute.

— Je te promets. »

La porte s'ouvre, Razmodin entre. « Je n'ai rien pu dire à ma tante. Tu sais ce qu'elle va vivre si elle apprend ton arrestation… » Il prend Rassoul par les épaules, le secoue. « Comment leur dire ? Tu veux que ta mère ait un arrêt cardiaque ? Tu veux que Donia et Souphia deviennent folles de chagrin ? Pourquoi es-tu si égoïste ? » Tout est fini, Razmodin, tout. Rassoul n'a plus d'ego ni d'orgueil. Il est l'abandon même. « Demain, tu seras pendu ! » Plus vite ce sera fait, mieux ce sera, Rassoul pourra passer à d'autres choses ! « Pourquoi te moques-tu de moi ? » Il ne se moque pas de toi, il rit, tout simplement. Il rit aux anges de la mort. « Pourquoi ne veux-tu pas prendre la vie au sérieux ? On dirait un échappé d'Aliâbâd ! » En plus sérieux ? Demain ce sera une belle journée pour lui, crois-le, tout le monde viendra, tout le monde. Quelle belle mort !

Oui, je veux vivre enfin ma mort, avec légèreté.

Découragé par le regard rieur et le silence joyeux de Rassoul, Razmodin se lève. « Je vais chercher ta mère et Donia. Peut-être qu'elles te feront changer d'avis. »

Rassoul se lève, le lui interdit. Il fait non de la tête, avec un regard suppliant, comme pour dire : « Non, Razmodin, laisse-les tranquilles ! »

Ils s'affrontent, les yeux dans les yeux. « Si

elles ne sont pas au courant aujourd'hui, elles le seront demain. »

Après ma mort, cela m'est égal.

« Mais pourquoi ? Tout ça parce que tu as tué une maquerelle de merde ? » dit Razmodin, en se penchant vers lui. « Regarde autour de toi, il n'y a que des meurtres ! Les hommes de Parwaiz se marraient quand ils me racontaient ça. »

Tant mieux si je fais rire enfin les gens, même avec mon crime !

Razmodin s'agenouille : « Tu penses toujours qu'un procès peut changer ce putain de pays ? Tu rêves, mon cousin. Tu rêves… » Il ravale un sanglot, se lève, prend Rassoul par les épaules et le secoue encore : « Reviens à toi, ça suffit maintenant, reviens à toi ! Laisse tomber tes rêvasseries ! » Rassoul ferme les yeux. Ses mains enchaînées bougent, hésitent, puis s'agrippent à son cousin.

Je suis revenu à moi, Razmodin.

Ils restent un long moment, l'un contre l'autre, jusqu'à ce que le gardien arrive : « Frère, tu dois partir. C'est l'heure de son dîner. »

Razmodin abandonne Rassoul. Ils se regardent une dernière fois dans les yeux : « Je ne vais pas t'abandonner. Je vais voir le juge, tout le monde. Je ne te laisserai pas détruire ta vie. »

Déterminé, mais soucieux, il quitte la cellule. Le garde ferme la porte, puis le judas.

Une mouche flâne sur le mur.

Tat, tat, tat… tvam, tvam… asi…

D'où sortent ces mots insignifiants ? Sans doute les a-t-il déjà entendus quelque part. Peut-être dans un film indien. Peu importe. C'est reposant. Ils embellissent cette saleté de mouche.

Rassoul siffle le chant pour ne plus entendre le monde.

Et il n'entend rien. Ni le moteur d'une voiture qui s'arrête près de la fenêtre. Ni les pas des hommes qui entrent dans le couloir et qui s'approchent de la cellule. Ni le bruit de la clé dans la serrure ni la porte qui s'ouvre. Ni la voix bourrue qui lui intime : « Debout ! »

Il demeure assis.

La lumière pénètre, avec le visage sévère d'Amer Salam qui demande qu'on les laisse tous les deux pour quelques instants. Une fois seuls, Amer Salam saisit Rassoul par le col et, après quelques insultes, lui demande où sont l'argent et les bijoux qu'il a volés.

Rassoul hausse les épaules pour signifier avec

nonchalance qu'il ne sait pas. L'autre insiste, jure qu'il va les extraire des tripes de sa mère, et pose son revolver sur le ventre de Rassoul, qui le regarde toujours sans frayeur, montre sa gorge et gémit pour lui faire comprendre qu'il ne peut pas parler. Amer Salam, hors de lui, ordonne qu'on lui apporte du papier et un stylo. Il donne cinq minutes à Rassoul pour lui écrire où sont les bijoux et l'argent. « S'il n'y a rien d'écrit sur le papier, je vais torcher la chatte de ta fiancée avec ! » Cela dit, il quitte la cellule.

On lui apporte une feuille et un stylo. Il écrit : « *Laissez ma famille tranquille. Je vous rends tout au pied de la potence* », et il redonne la feuille au garde.

Cinq minutes après, les gardent reviennent. Ils font sortir Rassoul, mains et pieds enchaînés.

Avant de monter dans la camionnette, l'un des gardes lui demande s'il a fait ses ablutions. Rassoul fait oui en souriant. La camionnette franchit le portail du *Wellayat*, tourne dans la rue et accélère. Rassoul, recroquevillé sur lui-même, entend son nom résonner au loin. Dans la rue déserte, il aperçoit Razmodin qui court en criant et en agitant la main pour arrêter la voiture. Rassoul le fixe d'un air serein.

La camionnette roule. Rassoul regarde les rares personnes qui se pressent dans la même direction qu'eux, vers le parc Zarnegar.

Ces derniers temps, le ciel n'a jamais été si bleu, si loin. Et le soleil si clair, si proche.

La camionnette s'arrête dans le parc, tout le monde descend.

Rassoul est absorbé par le chant des oiseaux. Son regard se perd dans les branches des arbres à leur recherche, pour fredonner avec eux : *Tat, tat, tat… tvam, tvam… asi…* « Rassoul ! » Une femme couverte d'un *tchadari* bleu ciel se précipite vers lui et soulève le pan de son voile. C'est Souphia, en larmes, que les hommes armés repoussent, sur un signe du nouveau greffier. Ils font avancer Rassoul, apathique, indifférent à tous ceux qui le regardent, même envers Farzan qui, avec son sourire triste, hoche la tête pour le saluer.

« Ne l'emmenez pas là-bas ! » C'est toujours Razmodin qui hurle, essoufflé, derrière le cortège. « À vos ordres, commandant ! » ricane l'un des hommes armés qui lui interdit de s'approcher. Mais Razmodin répète désespérément les mêmes mots : « Croyez-moi, c'est horrible ce qui se passe ! »

Les hommes poussent Rassoul en avant, Souphia et Farzan les suivent. Et tous s'immobilisent soudainement en découvrant la potence sans corde qu'encercle une foule silencieuse.

« Pourquoi cette potence n'a-t-elle pas de corde ? » demande le greffier. « Elle a été coupée ! » s'exclame l'un des gardes.

Ils pressent le pas et rejoignent la foule au pied de la potence. « Frères, laissez-nous passer, nous avons le condamné, éloignez-vous, éloignez-vous ! »

Les gens se tournent vers Rassoul, s'écartent sur son passage, laissant voir un cadavre qui gît au sol. Tout se fige : le temps, le souffle, les larmes, les mots… Les jambes tremblent. Rassoul tombe à genoux devant le corps de Parwaiz, la corde au cou. La foule murmure, s'agite, s'écarte. D'autres hommes armés surgissent et repoussent furieusement les gens pour frayer un passage aux commandants qui arrivent, bruyamment. Tout disparaît sous leurs bottes. Rassoul ne voit plus rien. Il n'y a que la voix, rien que la voix, celle de Souphia.

« Tu es belle », chuchote Rassoul à l'oreille de Souphia. Elle rougit. Il se jette à ses pieds pour enfin déclarer : « Je me prosterne à tes pieds non seulement pour ta beauté innocente, mais aussi pour ta souffrance ! » Elle est émue. Elle se retient. Seule sa main bouge, s'enfonce dans les cheveux de Rassoul pour s'y perdre. « Ça faisait longtemps que tu ne m'avais pas dit d'aussi tendres choses.

— J'avais beaucoup de choses à te dire, mais la guerre ne nous en a pas laissé le temps. »

Il l'embrasse timidement sur les joues. Elle cache son visage, tend la main pour prendre celle de Rassoul qui lui demande : « Tu partiras avec moi ?

— Pour aller où ?

— Loin.

— À Mazar-é Sharif ?

— Non, plus loin… Dans la vallée des *Infans retrouvés* !

— C'est où ?

— C'est loin, très loin. Ce n'est ni à l'est ni à l'ouest, ni au nord ni au sud.

— Elle n'existe pas, alors.

— Je la bâtirai pour toi.

— Et ça sera comment ?

— Une très belle vallée, où personne ne parle. Où aucun être n'a encore l'expérience du mal.

— Alors nous sommes des *infans ?*

— Toujours ! » Et ils rient.

« Je dois partir », dit-elle en se levant.

« Tu retournes chez Nazigol ?

— Non. Elle est partie avec Amer Salam.

— Où ?

— Je ne sais pas », elle s'approche de Rassoul : « J'espère qu'ils ne viendront pas dans la vallée des *Infans retrouvés* !

— Non. Elle n'est que pour nous !

— Alors à bientôt ! » Elle enfile son *tchadari* bleu ciel et quitte la cellule.

Rassoul reste debout, songeur. « Tu as encore une autre visite », lui dit le garde. Et l'ancien greffier entre, un épais dossier sous le bras. « Comment va le jeune homme ? » Rassoul hoche la tête, l'esprit serein.

Le greffier veut s'asseoir, mais Rassoul l'en empêche : « Ne t'assieds pas ici, s'il te plaît. Ici il y a une mouche, une misérable mouche… » Le greffier, curieux, chausse ses lunettes, le regard fouillant le sol. Il s'écarte et s'assied avec beaucoup de précaution. « Cette mouche… elle est emprisonnée avec moi », dit Rassoul en montrant la mouche, alanguie tout près du greffier. « Maintenant tu te préoccupes même de la vie d'une mouche ?

— La nuit dernière, j'ai fait un rêve étrange. Je rêvais de cette mouche qui fredonnait une chanson que je connaissais, quelque chose comme : "*tat, tat, tat… tvam, tvam… asi*", oui, c'était ça, mais je n'en saisissais pas le sens.

— C'est une chanson indienne.

— Sans doute. Ça veut dire quoi ?

— *Tu es aussi cela !*

— C'est joli !

— Maintenant même les mouches chantent pour toi. La vie est belle ! Tu es donc content que ton procès se déroule comme tu l'as souhaité ?

— Maintenant tout m'est égal.

— Tout t'est égal ? Tu as chamboulé le monde et tout t'est égal ? ! À cause de toi un important chef des moudjahidin s'est pendu ; le juge a été viré ; jour et nuit, dans les journaux, on ne parle que de toi ; ton cousin a fait venir tous les journalistes étrangers, les fonctionnaires des Nations unies… et Monsieur, qu'est-ce qu'il en dit ? » Il hoche la tête en signe de désapprobation.

« Ce n'est pas moi qui ai tout chamboulé. C'est Dostoïevski !

— Ça y est, c'est reparti ! Arrête avec ton Dosto… machin ! Tu n'as pas tué parce que tu l'avais lu. Tu l'as lu parce que tu voulais tuer. C'est tout. S'il était vivant, il t'aurait accusé de plagiat ! »

Rassoul le regarde longuement, profondément. « Ne me regarde pas comme ça. Je ne t'ai pas posé une devinette », dit le greffier en étalant son dossier sur le sol. « En tout cas, on m'a redonné mon poste, et ils veulent ton dossier… Au fait, tu sais ce qu'ils ont trouvé dans la poche du commandant Parwaiz ? »

Le regard curieux de Rassoul l'interroge. « Ils ont trouvé une lettre écrite de sa main : "*Faites mon deuil, ne me vengez pas !*" Quel homme, quel brave homme ! Tu connais la raison de son suicide ? Il paraît que ses hommes ont retrouvé l'assassin de son fils adoptif. Mais, dans l'affrontement, la femme et le bébé du meurtrier ont été tués aussi. Passons… Dis-moi, qu'est-ce que je dois écrire ? »

Un silence.

« Tout ! Je t'ai tout dit.

— Tout ? Je ne crois pas. En tout cas, j'ai déjà commencé à rédiger quelques lignes. Je lis, s'il y a un problème tu me le signales : "*À peine Rassoul a-t-il levé la hache pour l'abattre sur la tête de la vieille dame que l'histoire de* Crime et châtiment *lui traverse l'esprit. Elle le foudroie. Ses bras tressaillent ; ses jambes vacillent. Et la hache lui échappe des mains. Elle fend le crâne de la femme, et s'y enfonce. Sans un cri, la vieille s'écroule sur le tapis rouge et noir. Son voile aux motifs de fleurs de pommier flotte dans l'air avant de choir sur son corps replet et flasque. Elle est secouée de spasmes. Encore un souffle ; peut-être deux. Ses yeux écarquillés fixent Rassoul, debout au milieu de la pièce, l'haleine suspendue, plus livide qu'un cadavre. Il tremble, son patou tombe de ses épaules saillantes. Son regard effrayé s'absorbe dans le flot de sang, ce sang qui coule du crâne de la vieille, se confond avec le rouge du tapis, recouvrant ainsi ses tracés noirs, puis ruisselle lentement vers la main charnue de la femme qui tient ferme une liasse de billets. L'argent sera taché de sang…*" Au fait, pourquoi n'as-tu pas pris l'argent ? »

Citations

Dostoïevski, *Crime et châtiment*, t. I & II, traduit par André Markowicz, Actes Sud, 1996.

Les Récits du glorieux Coran, traduits par Muhammad Diakho, éditions Dar Al-Bouraq, 2000.

Farîd-ud-Dîn Attar, *Le Langage des oiseaux*, traduit par Garcin de Tassy, Albin Michel, 1996.

Sayyid Sâbiq, *Le Fiqh As-Sunna, l'Intelligence de la norme prophétique*, 3 tomes, éditions Maison d'Ennour, 2006.

Allameh M. T. Jafari, *Legal Treatise*, éditions Tahzib, Téhéran, 2002.

Code pénal de la République d'Afghanistan, *Journal officiel*, n° 739, 1992.

Remerciements

Toute ma gratitude à celles et à ceux qui ont béni ce roman :

Laurent Maréchaux, Denis Podalydès, pour leur lecture précieuse ;

Danièle D'Antoni et Leili Anvar pour leurs remarques pertinentes ;

Rahnaward Zariab, Kambouzia Partovi, Hafiz Assefi, Rahima Katil et Sajad Zafar pour leur « regard persan » et leur soutien ;

Paul Otchakovsky-Laurens pour tout ;

et pour toujours, Christiane Thiollier et Sabrina Nouri.

DU MÊME AUTEUR

Aux Éditions P.O.L

TERRE ET CENDRES, 2000 (Folio n° 5044).

LES MILLE MAISONS DU RÊVE ET DE LA TERREUR, 2002.

LE RETOUR IMAGINAIRE, 2005.

SINGUÉ SABOUR, pierre de patience, 2008 (Folio n° 5043).

MAUDIT SOIT DOSTOÏEVSKI, 2011 (Folio n° 5496).

COLLECTION FOLIO

Dernières parutions

5186. Antoine Audouard — *L'Arabe*
5187. Gerbrand Bakker — *Là-haut, tout est calme*
5188. David Boratav — *Murmures à Beyoğlu*
5189. Bernard Chapuis — *Le rêve entouré d'eau*
5190. Robert Cohen — *Ici et maintenant*
5191. Ananda Devi — *Le sari vert*
5192. Pierre Dubois — *Comptines assassines*
5193. Pierre Michon — *Les Onze*
5194. Orhan Pamuk — *D'autres couleurs*
5195. Noëlle Revaz — *Efina*
5196. Salman Rushdie — *La terre sous ses pieds*
5197. Anne Wiazemsky — *Mon enfant de Berlin*
5198. Martin Winckler — *Le Chœur des femmes*
5199. Marie NDiaye — *Trois femmes puissantes*
5200. Gwenaëlle Aubry — *Personne*
5201. Gwenaëlle Aubry — *L'isolée* suivi de *L'isolement*
5202. Karen Blixen — *Les fils de rois* et autres contes
5203. Alain Blottière — *Le tombeau de Tommy*
5204. Christian Bobin — *Les ruines du ciel*
5205. Roberto Bolaño — *2666*
5206. Daniel Cordier — *Alias Caracalla*
5207. Erri De Luca — *Tu, mio*
5208. Jens Christian Grøndahl — *Les mains rouges*
5209. Hédi Kaddour — *Savoir-vivre*
5210. Laurence Plazenet — *La blessure et la soif*
5211. Charles Ferdinand Ramuz — *La beauté sur la terre*
5212. Jón Kalman Stefánsson — *Entre ciel et terre*
5213. Mikhaïl Boulgakov — *Le Maître et Marguerite*
5214. Jane Austen — *Persuasion*
5215. François Beaune — *Un homme louche*

5216. Sophie Chauveau	*Diderot, le génie débraillé*
5217. Marie Darrieussecq	*Rapport de police*
5218. Michel Déon	*Lettres de château*
5219. Michel Déon	*Nouvelles complètes*
5220. Paula Fox	*Les enfants de la veuve*
5221. Franz-Olivier Giesbert	*Un très grand amour*
5222. Marie-Hélène Lafon	*L'Annonce*
5223. Philippe Le Guillou	*Le bateau Brume*
5224. Patrick Rambaud	*Comment se tuer sans en avoir l'air*
5225. Meir Shalev	*Ma Bible est une autre Bible*
5226. Meir Shalev	*Le pigeon voyageur*
5227. Antonio Tabucchi	*La tête perdue de Damasceno Monteiro*
5228. Sempé-Goscinny	*Le Petit Nicolas et ses voisins*
5229. Alphonse de Lamartine	*Raphaël*
5230. Alphonse de Lamartine	*Voyage en Orient*
5231. Théophile Gautier	*La cafetière* et autres contes fantastiques
5232. Claire Messud	*Les Chasseurs*
5233. Dave Eggers	*Du haut de la montagne, une longue descente*
5234. Gustave Flaubert	*Un parfum à sentir ou Les Baladins* suivi de *Passion et vertu*
5235. Carlos Fuentes	*En bonne compagnie* suivi de *La chatte de ma mère*
5236. Ernest Hemingway	*Une drôle de traversée*
5237. Alona Kimhi	*Journal de Berlin*
5238. Lucrèce	*« L'esprit et l'âme se tiennent étroitement unis »*
5239. Kenzaburô Ôé	*Seventeen*
5240. P.G. Wodehouse	*Une partie mixte à trois* et autres nouvelles du green
5241. Melvin Burgess	*Lady*
5242. Anne Cherian	*Une bonne épouse indienne*
5244. Nicolas Fargues	*Le roman de l'été*

5245. Olivier Germain-Thomas — *La tentation des Indes*
5246. Joseph Kessel — *Hong-Kong et Macao*
5247. Albert Memmi — *La libération du Juif*
5248. Dan O'Brien — *Rites d'automne*
5249. Redmond O'Hanlon — *Atlantique Nord*
5250. Arto Paasilinna — *Sang chaud, nerfs d'acier*
5251. Pierre Péju — *La Diagonale du vide*
5252. Philip Roth — *Exit le fantôme*
5253. Hunter S. Thompson — *Hell's Angels*
5254. Raymond Queneau — *Connaissez-vous Paris ?*
5255. Antoni Casas Ros — *Enigma*
5256. Louis-Ferdinand Céline — *Lettres à la N.R.F.*
5257. Marlena de Blasi — *Mille jours à Venise*
5258. Éric Fottorino — *Je pars demain*
5259. Ernest Hemingway — *Îles à la dérive*
5260. Gilles Leroy — *Zola Jackson*
5261. Amos Oz — *La boîte noire*
5262. Pascal Quignard — *La barque silencieuse (Dernier royaume, VI)*
5263. Salman Rushdie — *Est, Ouest*
5264. Alix de Saint-André — *En avant, route !*
5265. Gilbert Sinoué — *Le dernier pharaon*
5266. Tom Wolfe — *Sam et Charlie vont en bateau*
5267. Tracy Chevalier — *Prodigieuses créatures*
5268. Yasushi Inoué — *Kôsaku*
5269. Théophile Gautier — *Histoire du Romantisme*
5270. Pierre Charras — *Le requiem de Franz*
5271. Serge Mestre — *La Lumière et l'Oubli*
5272. Emmanuelle Pagano — *L'absence d'oiseaux d'eau*
5273. Lucien Suel — *La patience de Mauricette*
5274. Jean-Noël Pancrazi — *Montecristi*
5275. Mohammed Aïssaoui — *L'affaire de l'esclave Furcy*
5276. Thomas Bernhard — *Mes prix littéraires*
5277. Arnaud Cathrine — *Le journal intime de Benjamin Lorca*
5278. Herman Melville — *Mardi*
5279. Catherine Cusset — *New York, journal d'un cycle*
5280. Didier Daeninckx — *Galadio*
5281. Valentine Goby — *Des corps en silence*

5282. Sempé-Goscinny	*La rentrée du Petit Nicolas*
5283. Jens Christian Grøndahl	*Silence en octobre*
5284. Alain Jaubert	*D'Alice à Frankenstein (Lumière de l'image, 2)*
5285. Jean Molla	*Sobibor*
5286. Irène Némirovsky	*Le malentendu*
5287. Chuck Palahniuk	*Pygmy* (à paraître)
5288. J.-B. Pontalis	*En marge des nuits*
5289. Jean-Christophe Rufin	*Katiba*
5290. Jean-Jacques Bernard	*Petit éloge du cinéma d'aujourd'hui*
5291. Jean-Michel Delacomptée	*Petit éloge des amoureux du silence*
5292. Mathieu Terence	*Petit éloge de la joie*
5293. Vincent Wackenheim	*Petit éloge de la première fois*
5294. Richard Bausch	*Téléphone rose* et autres nouvelles
5295. Collectif	*Ne nous fâchons pas ! Ou L'art de se disputer au théâtre*
5296. Collectif	*Fiasco ! Des écrivains en scène*
5297. Miguel de Unamuno	*Des yeux pour voir*
5298. Jules Verne	*Une fantaisie du docteur Ox*
5299. Robert Charles Wilson	*YFL-500*
5300. Nelly Alard	*Le crieur de nuit*
5301. Alan Bennett	*La mise à nu des époux Ransome*
5302. Erri De Luca	*Acide, Arc-en-ciel*
5303. Philippe Djian	*Incidences*
5304. Annie Ernaux	*L'écriture comme un couteau*
5305. Élisabeth Filhol	*La Centrale*
5306. Tristan Garcia	*Mémoires de la Jungle*
5307. Kazuo Ishiguro	*Nocturnes. Cinq nouvelles de musique au crépuscule*
5308. Camille Laurens	*Romance nerveuse*
5309. Michèle Lesbre	*Nina par hasard*
5310. Claudio Magris	*Une autre mer*
5311. Amos Oz	*Scènes de vie villageoise*

5312. Louis-Bernard Robitaille — *Ces impossibles Français*
5313. Collectif — *Dans les archives secrètes de la police*
5314. Alexandre Dumas — *Gabriel Lambert*
5315. Pierre Bergé — *Lettres à Yves*
5316. Régis Debray — *Dégagements*
5317. Hans Magnus Enzensberger — *Hammerstein ou l'intransigeance*
5318. Éric Fottorino — *Questions à mon père*
5319. Jérôme Garcin — *L'écuyer mirobolant*
5320. Pascale Gautier — *Les vieilles*
5321. Catherine Guillebaud — *Dernière caresse*
5322. Adam Haslett — *L'intrusion*
5323. Milan Kundera — *Une rencontre*
5324. Salman Rushdie — *La honte*
5325. Jean-Jacques Schuhl — *Entrée des fantômes*
5326. Antonio Tabucchi — *Nocturne indien* (à paraître)
5327. Patrick Modiano — *L'horizon*
5328. Ann Radcliffe — *Les Mystères de la forêt*
5329. Joann Sfar — *Le Petit Prince*
5330. Rabaté — *Les petits ruisseaux*
5331. Pénélope Bagieu — *Cadavre exquis*
5332. Thomas Buergenthal — *L'enfant de la chance*
5333. Kettly Mars — *Saisons sauvages*
5334. Montesquieu — *Histoire véritable et autres fictions*
5335. Chochana Boukhobza — *Le Troisième Jour*
5336. Jean-Baptiste Del Amo — *Le sel*
5337. Bernard du Boucheron — *Salaam la France*
5338. F. Scott Fitzgerald — *Gatsby le magnifique*
5339. Maylis de Kerangal — *Naissance d'un pont*
5340. Nathalie Kuperman — *Nous étions des êtres vivants*
5341. Herta Müller — *La bascule du souffle*
5342. Salman Rushdie — *Luka et le Feu de la Vie*
5343. Salman Rushdie — *Les versets sataniques*
5344. Philippe Sollers — *Discours Parfait*
5345. François Sureau — *Inigo*

Composition Interligne
Impression Maury-Imprimeur
45330 Malesherbes
le 15 octobre 2012.
Dépôt légal : octobre 2012.
Numéro d'imprimeur : 176944.

ISBN 978-2-07-044842-5. / Imprimé en France.

243228